Siggi Liersch

Köttelbug, ich & andere
Kurzprosa und Collagen

Für Heike, Pepe & mich

Bibliografische Information Der Deutschen Bibliothek
Die Deutsche Bibliothek verzeichnet diese Publikation in der
Deutschen Nationalbibliografie; detaillierte bibliografische
Daten sind im Internet über http://dnb.ddb.de abrufbar
ISBN–13: 978 383 912 1795

Umschlagbild: Siggi Liersch
Foto: Pepe Liersch
Satz und Layout: Christian Bedor, Siggi Liersch
Herstellung und Verlag:
Books on Demand GmbH, Norderstedt

Köttelbug

Anfangssatz

Köttelbug steht vor der Alten Oper in Frankfurt und sucht einen Anfangssatz. Er liest: DEM WAHREN SCHOENEN GUTEN und denkt DEN SCHOENEN GUTEN WAREN. Doch mit der Verballhornung gibt er sich nicht zufrieden. Dann geht er weiter zur Apotheke im Reuterweg. Ein silberfarbener BMW bremst mit qualmenden Reifen. Köttelbug hat Grün, aber noch keinen Anfangssatz. Frei nach Büchner denkt er an eine Blondine mit fleischofferierendem Tanga. Sie geht auf dem Kopf. Ein soeben abgestreifter Pullover, eine Anzugsjacke, Herren- und Damenhalbschuhe liegen auf dem Laminatboden. Suggestion von Sex. In den Kleidern teilweise noch die Körperwärme. Wäre das ein Anfang? Schräg gegenüber von der Apotheke eine Konditorei, wo Köttelbug einen Kaffee trinkt. Die Blondine erinnert ihn an Urlaub. Er denkt an einen Mann. Dessen Oberkörper ist ein Vogelkäfig mit geöffneter Tür. Über den Drahtschultern hat er sich eine Decke gelegt. Vielleicht friert er. Im Käfig picken zwei Tauben Körner. Eine trippelt nach draußen und schlägt probehalber mit den Flügeln. Wird Köttelbug Zeuge einer Trennung? Zwängt sich nun die Blondine in den Käfig? Ihm ist unbehaglich, wie sich die Dinge entwickeln. Köttelbug braucht einen Anfangssatz.

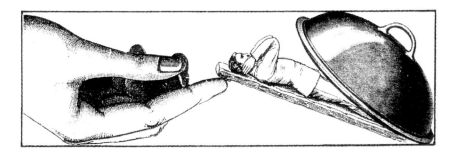

Lawine

Es klingelt. Köttelbug öffnet die Wohnungstür. Vor ihm steht eine schöne junge Frau. Sie streckt ihm ein Kleiderbündel entgegen. „Das ist deine Tochter. Sie ist schon zwei Wochen alt, und du hast sie immer noch nicht gesehen!" Köttelbug schreckt beim Anblick des Kindes, die Hand vor Augen, entsetzt zurück. Stockend müht er sich mit dem Satz „Da muss ein Missverständnis vorliegen, ich kenne Sie nicht!" „Denke nicht, dass ich dich aus deiner Verantwortung entlasse." Da geht eine Lawine mit Schnee, Eisbrocken, Gestrüpp, Erde und Tannennadeln im Flur vor Köttelbugs Wohnungstür ab. Keine Frau und kein Kind mehr. Nur eine Winterlandschaft mit einigen Tiefschneefahrern. Sicherlich hätte Köttelbug zu der schönen jungen Frau mit Kind nach einer Weile der Besinnung Ja gesagt. Indem es ungefragt und abrupt handelt, offenbart das Schicksal seine ganze kalte Grausamkeit!

Anarchie

Was Köttelbug fürs Leben braucht, lässt sich in einem Telefongespräch klären. Unter vier Augen ist ihm zu nah. Für Selbstverwirklichungen konsultiert er Fachkräfte. Hunde springen an ihm hoch, Katzen streichen ihm um die Beine, das dauert seine Zeit. Den Drang zum Menschen bringen sie von der Straße mit. Ihre Pfoten sind voller Sehnsucht. Köttelbug spricht mit ihnen, badet sie und warnt sie vor Flüssen, in denen es giftige Wasserschlangen gibt. Sie finden leicht den Weg zu ihm, links eine Pizzeria, rechts ein Blumenladen, vor dem ein Bettler um Münzen buckelt. Sein Schicksal war ein unbeleuchteter Bauschacht der S-Bahn. Aber dem Bettler ist nicht langweilig. Der Abfall des Tages läuft an ihm vorüber, und aus allen Sohlen regnet es Lebensziele. In den Hauseingängen die Mädchen mit den Miniröcken, die Lederstiefel über die Knie. Keuchende Zimmer. Keine von ihnen wartet auf das Nein, das ihren Verdienst schmälert. Das verdrießt Köttelbug nicht. Den gebadeten Hunden raunt er ins Ohr: „Nehmt euch vor dem Krüppel am Blumenladen in acht, der hat Hunger!" Den Katzen sagt er nichts. Die sind Anarchisten.

Gewissen

Köttelbug kommt an einem verregneten Sonntag bereits zum fünften Mal hintereinander in die Kirche von W. Aber sein verloren gegangenes Gewissen findet er auch diesmal nicht. Wahrscheinlich hat er es gar nicht in der Kirche liegen lassen. Genauer gesagt, verfügt Köttelbug über zwei Gewissen: ein gutes und ein schlechtes. Aber weder das eine noch das andere liegt auf einer der Kirchenbänke. Er fragt sich, wann er zum letzten Mal eines seiner Gewissen bewusst wahrgenommen habe. Im Nahverkehrszug auf dem Weg zur Arbeit? Während des Telefonierens? Köttelbug arbeitet hauptsächlich fernmündlich. In einer Pause? Beim Einkaufen? Oder während seiner freien Zeit? Ihm wird schwindelig, als er an die Vielfalt der Verbleibsmöglichkeiten denkt. Plötzlich erinnert sich Köttelbug, beide Gewissen in die Werkstatt gegeben zu haben, da der routinemäßige Sicherheits-Check fällig war.

Auftritt

Als Köttelbug erscheint, ist die Freude groß. Tänzelnd tritt er ans Mikrophon. Sofort herrscht eine Stille, dass man die berühmte Stecknadel. Der matt glänzende Mantel wird ihm von den Schultern gezogen. Ahs und Ohs zu Waschbrettbauch und hervorschwellenden Muskeln. Locker die Boxhandschuhe gegeneinander. Vereinzelte Aufmunterungsrufe. Im Scheinwerferkegel schlägt er sich mit den Fäusten links und rechts ans Kinn. Als sich die Treffer den Schläfen nähern, taumelt er zwar, geht aber nicht zu Boden. Köttelbug überrascht sich mit einem linken Haken in die Magengrube. Auch auf den rechten Uppercut ist er nicht wirklich vorbereitet. Gezielte Treffer auf Milz und Leber lassen ihn röcheln. Aus der Menge vereinzelt Applaus und Zurufe, noch mehr auf sich ein- und somit auch aus sich heraus zu gehen. Nach einem seitlich angesetzten Schlag auf die Zähne segelt sein Mundschutz durch das Licht der Scheinwerfer. Ein herausgebrochener Zahn hinterher. Köttelbug blutet, und der Applaus schwillt an. Seine Linke matscht ein Auge, seine Rechte das andere. Buh-Rufe von den teuren Plätzen, da er sich nun nicht mehr orientieren kann. Er bricht den Kampf ab. Ein Ordner führt den sich vor Schmerzen Krümmenden hinter die Bühne. Unter dem Gejohle der Zuschauer beschließt Köttelbug, seines Künstlertums müde, einen bürgerlichen Beruf zu ergreifen.

Geld

Bewährt Köttelbug sich mit physikalischen Gleichungen, Ergebnis der neuen Arbeitslosenverordnungen, oder strebt er eine weitere Gratisausbildung an? Jetzt lernt er, heiße Eisen anzupacken: Wie organisiert man den Abwasch in einem Fast-Food-Restaurant? Größte Sympathie hegt er für bezahlte Urlaubstage. Da Köttelbug kein Französisch spricht, versagt er sich Originalschauplätze mit wirklich gutem Rotwein und behilft sich mit Bulgarien. Dort behaupten sich seine familiäre Slawistik und die gymnasialen Lateinreste. Der Rotwein ist passabel. Merkwürdig, dass Arbeitsscheue nicht mehr den Löwen vorgeworfen werden. So war der Zerfall des Colosseums vorprogrammiert. Das Gejammer der Verstümmelten. Man kennt das aus der Welt der Technicolor-Folklore. Köttelbug könnte sich mit einer regelmäßigen Rente anfreunden. Sogar vom Gewerbeaufsichtsamt oder von der Künstlersozialkasse. Schade, dass er nicht mit einer Schweizer Bank verwandt ist, ohne Gewissen und gar nicht national. So ist das eben mit Geld. Man muss es besitzen, damit die Verwalter der Konten Arbeit haben.

Politik

Die Bedeutung des Kommunismus zeigt sich darin, dass auch über Zahnlücken diskutiert wird. Am ausführlichsten und liebsten über blutig rote. Es muss einen Neuanfang geben, bei dem Bestrafung eine Rarität ist. Bei aller Kritik am offiziellen China, der Widerstand steckt im Rätsel des Kapitalismus. Der Mensch in seiner bewussten Form als Quelle von Eiweißstoffen neigt zu wirklichkeitsverändernden Interpretationen. Als Angehöriger einer Minderheit befragt Köttelbug seine Milz. Sie ist der ständig präsente Spiegel seines historisch mitfiebernden Großhirns. Auch Herz und Leber bemühen sich um Antworten, die ihren Träger zufriedenstellen. Nach drei Gläsern Cambero Rosso wird der politische Anspruch der Prionen deutlicher. Belege im Prozess auftretender Bewusstseinsstörungen. Leichen zieren Opferwege. Zumindest die Sehstärke ist getrübt. Ein Riesenauflauf, bei dem mehr gestört als produziert wird. „Schützt den Auslauf eurer Turnschuhe", schreit Köttelbug in die Massen, aber sie skandieren zurück „Werde du unser Präsident!" Eine billige Forderung, die einem globalen Wunschdenken entspricht. Köttelbug wird sich zu schützen wissen!

Musikgeheimnis

Köttelbug wäre gern ein Saxophonspieler, der selbstversunken die Melodie von "Summertime" vor sich hinbläst. Entlangschlendernd am Meer, das mit seinem Heranrauschen einen recht regelmäßigen Takt hergibt, besteht er jedoch auf einer dezenten Lautstärke, um die junge Dame im weißen schlanken Badeanzug nicht in ihren Urlaubsbewegungen zu stören. Köttelbug möchte ihr barfüßiges Strandabschreiten nicht rhythmisch reglementieren. Mit abgewandtem Kopf schaut sie ohnehin auf das schaukelnde Wellenblau und in die flirrende Himmelsmilch. "Summertime and the living is easy". Bereits sonnentief gebräunt, streckt sie ihre Unterschenkel. Warum aber blickt sie weiterhin aufs Meer? Traut sie ihren Ohren nicht und fürchtet sie, im Falle einer Kopfdrehung, das Zerplatzen der saxophontönenden Fata Morgana? Im schneebedeckten Hochgebirge kommen aneinandergebundene Töne von überall her. Aber hier am Strand? Das Szenarium ist von bestechender Deutlichkeit: Sand, Meer, Himmel. In dieser Übersichtlichkeit bleibt kein Auslöser unentdeckt. So wäre Köttelbug vielleicht doch lieber ein Boxer ohne Kopf, um im täglichen Fight keine Hirnverletzungen davonzutragen.

15

Asien

Köttelbug denkt Peking, aber auch Hanoi und Seoul. Dazu die Erinnerung an die Filmversion von Pearl Harbour mit koreanischen Untertiteln. Chinesische Grenztruppen besetzen die Eingänge der Freibäder. Endlich wieder mal ein Sommer mit Beach-Volleyball und praller Fleischhaut, die auf Gewohnheiten in der Ernährung verweist. Köttelbug hisst die Flagge der Freiheit auf dem Feld unbezähmbarer Ehre. Der Endzweck von Geschichte ist ihre Verfilmbarkeit. Die Verwandlung des unbekannten Soldaten in den bekannten Schauspieler. Köttelbug hängt sich ein Schild vor den Bauch. Es trägt die Aufschrift „Schützt Kyoto". Mit chinesischen Schriftzeichen, die kein Japaner lesen kann.

Hasen

Köttelbug beobachtet, wie ein staatlicher Forstbeamter einen Hasen schießt. Zur Sicherheit hebt er ihn an den Läufen hoch und schlägt den Hasenkopf gegen einen Baum. In der Dämmerung des Abends geht der Jäger durchs hohe Gras nachhause. Ein grüner Lodenmantel wirkt so friedlich. „Das nützt dir nichts", flüstert Köttelbug grimmig vor sich hin. „Regle deine Angelegenheiten, am besten heute noch. Die Sprossen zu deinem Hochsitz hinauf sind brüchig und morsch!" Ob Jäger oder zerschmettert, die Hasen zeugen um die Wette.

Rückstände

Dank filmender Angehöriger sitzt der Horror der Geburt immer noch tief bei Köttelbug. Werdende Väter treten als Nebenkläger auf. Fotos zeigen Verstümmelungen und werden in die Drehbücher fürs Fernsehen eingearbeitet. Entblößte dünne Arme, erstarrte Hygiene, Stroh knistert. Armeepritschen, so wird das Leben vorbereitet. Was soll Köttelbug vor sich hinmurmeln, als hätte er noch nie einen Toten gesehen? Ihm sagt die Welt ja zu! Korruption und Familienleben, Banküberweisungen und Fünf-Minuten-Terrine. Köttelbug tritt dem befreienden Wir bei. Dieses Rechnen mit Minuten, dieser Stimmenrausch, dieser verheißungsvolle Zerfall! Köttelbug verteidigt seine Stimmungen ohne drohende Medikamente. Romane deprimieren. Verlass ist nur auf Sternzeichen, an die sich gutgläubige Alkoholiker erinnern. Andernorts wird man für Diebstahl hingerichtet oder in betörendem Gestank der Sonne geopfert. Dann gibt es auch noch Männer, die vor einer von Scheinwerfern angestrahlten weißen Backsteinwand stehen und sich identifizieren lassen. Die Arme ihrer Opfer hängen kraftlos über Bettkanten. Nun sind die Laboratorien versiegelt, die chemischen Rückstände konfisziert.

Aufbruch

Hier tut Köttelbug das Bein weh, dort ist es schon amputiert. Dieser Trübsinn, den einzeln stehende Bäume verbreiten. Da färbt sich der Himmel gelb wie die Feldwege. Dieses Licht kündet von der Erinnerung. Im Tiefflug streift Köttelbug fast den Präsidentenpalast. Er hat seine mürrische Frau verlassen, um Abenteuer zu erleben: zu Lande, zu Wasser und in der Luft. In den Chats des Internets dampfen seelenlose Geschichten. Köttelbug will den Sauerstoff schon vor der Kündigung atmen! Geld und Pistolen im Gepäck schreibt er persönliche Texte, in denen Intimitäten ein Eigenleben führen. Hinter den Einbauschränken bricht der Himmel durch. Der rasche Wechsel der Fortbewegungsmittel ist reine Formsache. Bereits der Nachmittag sieht ihn auf einem pfeilschnellen Motorrad. Pflaumenwein und Chianti beflügeln seine Phantasie, und mit einem Aufschrei des Entzückens entdeckt Köttelbug beim Blättern in der Bibel die regulären Preise für Schinkensandwiches und Bockwurst mit Brot.

Enthaltsamkeit

Köttelbug raucht weder Zigaretten noch Zigarren, trinkt keinen Schnaps, ja, nicht einmal ein Likörchen. Von Bier hält er sich fern, und auch der Weinhändler verdient nichts an ihm. Köttelbug geht nicht ins Kino oder ins Theater und in kein Restaurant, selbst den Schnellimbiss meidet er. Frauen interessieren ihn nicht. Mit Männern verhält es sich ebenso. Von seinem Verhalten sind wir zutiefst bestürzt, aber wir enthalten uns jeglicher Kritik. Schon nach kurzer Zeit interessiert er uns nicht mehr. Soll er doch zusehen, wie er zurechtkommt!

Lesung

Köttelbug möchte eine Lesung veranstalten. Die örtlichen Redakteure und die regionalen Verantwortlichen für die Lokalseiten kennt er seit Jahrzehnten. In ihren Artikeln wird er als Lokalgröße und Lokalbarde beschrieben. Gerne fragt die lokale Presse nach lokalen Bezügen, sei es im Gedicht, im Prosatext oder im Lied. Dann dichtet er manchen Texten, wenn sie ihm dafür geeignet erscheinen, dieses Lokalkolorit an. So beweist er in der Umdichtung erneut seine lokale Größe. Großzügig publizieren die lokalen Blätter seine Pressemeldung. Als Köttelbug sie liest, fährt ihm ein Schreck wie ein zu kalt dosiertes Narkosemittel in die Glieder. Der Name des Dichters, der eine Lesung veranstalten möchte, lautet einmal Köttelburg, ein anderes Mal gar Köttelbruck. Köttelbug kennt beide. Zu allem Überfluss schreiben sie auch. Aber Köttelbug hält ihre Hervorbringungen für jämmerlich, ja geradezu für unpublizierbar. „Wer wird zu meiner Lesung kommen, wenn diese Nichtskönner angekündigt sind?", fragt er sich verzweifelt.

Neger

Köttelbug wünscht sich, ein Neger zu sein. Glattrasiert und mit ölpoliertem Schädel. Mit großen schwarzen Pupillen im ovalen Weiß. Seine Augen wären ihm am wichtigsten. Stumm säße er auf seinem Hintern, um zu beobachten. Köttelbug ist unschlüssig, ob er sich jemals ein Urteil erlauben würde. Er müsste sich ja ausnahmslos auf seine Augen verlassen. Er sähe, wie Polizeibeamte einen Mann verfolgten. Aus welchem Grund sollte der Mann schuldig sein? Oder die Uniformen: Sind sie nicht eine Fälschung? Aus der Tatsache des Verfolgtwerdens könnte Köttelbug keine Schuldursache ableiten. Köttelbug selbst wäre nackt. Weder Verfolger noch Verfolgter. Jedoch wäre ein nackter Verfolger wesentlich unwahrscheinlicher als ein Verfolgter ohne Kleidung. Köttelbug säße mit angezogenen Knien, die Oberschenkel fest aneinandergepresst, so dass man sein Geschlecht nicht sehen könnte. Den Verfolgten würde das nicht stören, er hätte genügend Probleme mit seiner Flucht. Aber die Uniformierten könnten sich auf Köttelbug stürzen, zumal ihnen der Flüchtende aufgrund seiner Schnelligkeit entkäme. "Wer Neger ist, bestimmen wir!", würden die Polizeibeamten Köttelbug zurufen, schwer atmend, schwitzend und sich ihm lauernd nähernd. Sie würden ihn hochreißen, und er entkäme ihnen nicht. Sogar untergehakt von den Polizisten fiele Köttelbug das Laufen schwer.

Bauplatz

In wochenlanger Arbeit hat Köttelbug sein Grundstück abgesteckt und exakt vermessen. Sein Geld reichte für vier mal vier Meter. Er hat keinerlei Kreditwürdigkeit bei Banken und Bausparkassen. Finanzielle Details und Angaben zu Vermögensverhältnissen unterschlägt er nicht. Sechzehn Quadratmeter, auf die es tagelang geregnet hat. Regen und Herbst. Eine Beeinträchtigung seiner Wohnverhältnisse, doch er lebt auch weiterhin im Gras. Wenn es zu arg wird, flüchtet sich Köttelbug in das Treppenhaus eines Rohbaus. Der Bodenspekulant, der ihn jeden Tag aufsucht, trägt einen hellen Leinenanzug und weiße Lackschuhe. Köttelbug täuscht Bleibenwollen vor. Ein französisches Kochbuch liegt auf seinem Klapptisch neben der Reisetasche mit seinen Habseligkeiten und Frankfurter Würstchen in der Dose. Das treibt den Preis in die Höhe. Am liebsten würde Köttelbug Wein anbauen, aber dann hätte er keinen Platz für Klappstuhl und Klapptisch. Von Klappbett ganz zu schweigen. Sonntags geht der Spekulant mit seiner Familie spazieren. Er hat eine hübsche Tochter, dass Köttelbug ans Sündigen denkt. Gesegnet sei der Tag, an dem sich Köttelbug zurechtfindet und beschließt, nicht mehr aufs Klima zu achten.

Regenwurm

Köttelbug, den die Vorsehung als Pharao mit Zauberkräften zur Welt kommen ließ, wächst im Schatten von Hochhäusern in F. auf. Sein besonderes Talent, über Menschen unumschränkt zu herrschen, fällt in dieser Umgebung überhaupt nicht auf. Beim Fußball lachen sie ihn aus, wenn er die Mannschaften stellen will, in der Schule sagt er dem Lehrer, es sei unter seiner Würde, Multiplikations- und Divisionsaufgaben zu lösen. Seine leiblichen Eltern sieht er als Fremde an, da sie einer anderen Dynastie angehören, und auch mit einem basslastigen Ommm, das Köttelbug sehr überzeugend mit halbgeschlossenen Augen vorträgt, beeindruckt er niemanden. Trotzdem beharrt die Vorsehung auf ihrem Recht, Köttelbug als Pharao mit Zauberkräften in dieses Leben gerufen zu haben. Im Traum erhält er den Befehl, Bambus aus dem Feng Shui-Garten seiner Mutter zu nehmen und zu bearbeiten. „Wirf den Stock deinen Mitschülern vor die Füße. Er wird sich in eine riesige Schlange verwandeln, und alle werden dir hinfort große Achtung entgegenbringen." Als Köttelbug mit einem wilden Blick den Bambusstock auf den Boden wirft, lachen seine Schulkameraden so laut, dass sich ein Regenwurm ängstlich vor ihren Schuhen windet.

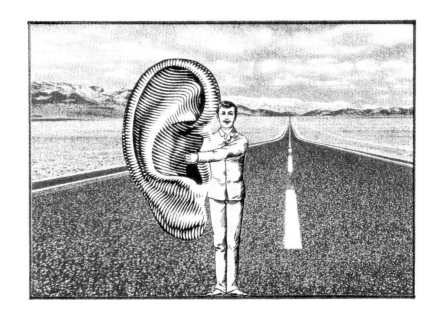

Gewissheiten

Köttelbug und sein Sofa. Seine Liebe zu einem festen, dichten Bezug. Mit quadratischen Mustern in Gold und Braun. Diese Farbkombination beruhigt Köttelbug, und er streicht gern mit der Hand darüber. Auf der Sitzfläche hat der Bezug ein Loch, durch das ein Bonsai-Bäumchen ihm in die streichelnde Hand wächst. Köttelbug erhält Besuch von einem Freund, dessen Oberkörper aus Feldern und Federwolken im blauen Himmel besteht. „Komm ins Offene", ruft der Freund und zieht an den Schubläden, in denen Köttelbug Gewissheiten und Meinungen aufbewahrt. Köttelbug wirkt überrascht. Den Hut hat es ihm schon vom Kopf geweht.

Bier

Köttelbug liegt auf der Couch von Sigmund Freud. Er berichtet dem Psychiater vom großen Bierskandal, zu dem er mit künstlich aufbereitetem Schaum beigetragen habe. Dem deutschen Reinheitsgebot zum Trotz blieb die Bierpanscherei bis vor wenigen Monaten unbemerkt. Ihm persönlich sei man bisher gar nicht auf die Spur gekommen. Mit gesenktem Kopf bekritzelt Freud Papier. Als passionierter Biertrinker hat er sich bereits entschlossen, Köttelbug weder zu verzeihen noch zu therapieren. Tage später liest Köttelbug im Großen Brockhaus, dass Sigmund Freud bereits in den dreißiger Jahren in London verstorben ist. Wem hat Köttelbug sein Vergehen gebeichtet? Mit Flügeln versehen segeln seine Erinnerungen um die nächste Straßenecke. Aus den Augen, aus dem Sinn!

Reste

Köttelbug schlägt mit der Faust auf den Tisch! Börsencrashs wie das gemeinsame Aufstoßen einer Mammutherde. Er sagt sich: Überlass die anderen den Launen der Automobilindustrie. Das nasse Laub auf den Straßen, die tödlichen Unfälle. Wer entschuldigt sich für den Eifer der Festangestellten? Genetische Weine! Ist Köttelbug wirklich mehr als ein Schimpanse hoch oben in einem Jagdflugzeug? Bedeutender als ein Zerdehner des federbewölkten Himmels? Diese dynamischen Verstrebungen bestaunter Glasfassaden. Sein amtliches Artenzeichen ist der Traum der Genforscher. Die Biologen kontern mit dem Sperma im Schlüsselloch. Als Fortsetzung blinder Proteste. Ausgefranste Dunkelheit klebt auf seinen Schultern. Pralle Großmütter werden beschlafen mit hergebetetem Eifer bis in die letzte Blähung. Jeder glaubt, dass ausnahmslos alles aus den Nähten platzt. Dabei spricht man von ständigen Einbußen, denn der Unterhaltungswert des Fernsehens ist katastrophaler als die schreienden Probleme seines Nächsten. Und auch der ist nur Köttelbugs Doppelgänger.

Steckenpferd

Bestechungsaffären und schwarze Kassen. Köttelbug trinkt einen Schnaps dagegen. Jeder hat seine Probleme, die er als Spezialwünsche ausgibt. Ein raues Meer von Westen her, verbarrikadierte Arbeitsämter, der seltene Regen auf Kreta. Sonnenbestrahlte Heiterkeit ergreift ihn bei dem Gedanken, dass er noch da ist und vorerst jede Finanzamtsforderung übersteht. Angestellte und Arbeiter kaufen Kinokarten, ihre Frauen schwitzen im Fitness-Center, und die leer stehenden Wohnungen kann man als Telefonzellen mieten. Köttelbug kommt mit seinen Träumen nicht nach. Götter aus Latex steigen vom abblätternden Sockel, im Dunst der Unfehlbarkeit schwingen sie sich auf Kamele und jagen in duftender Luft den Pyramiden entgegen. Auch Verspätungen sind ihm bekannt. Die Bestrafungen werden von Zwergen vorgenommen, die auf Brunnenrändern hocken und Blitze aus Bäumen schleudern. Soviel zur modernen Mythologie. Man erkennt leicht, dass Völkerkunde Köttelbugs Steckenpferd ist. Auch wenn es regnet.

Wirtshaus

Hat Köttelbugs Verstand bereits alle Möglichkeiten organisierbarer Irrtümer durchgespielt? Als einfacher Soldat mit dem Marschallstab im Tornister. Man kennt das. Familie und würzige Suppe. An den Wänden Reproduktionskunst: Miro. Nicht ganz farbecht. Die Lebenstauglichkeit ist eine bescheidene Umsetzung der Resignation, sicherlich sogar erlernbar. Die Pflicht will alles, auch was Köttelbug nicht will. Nun spielt er mit dem Widerstand und stärkt seine Positionskräfte im Wirtshaus. Wohin sonst sollte er vor Untätigkeit und Spiegelbildern flüchten? Fern von der Familie beruhigen sich die zum Singulären hinströmenden Ideen. Trinkkumpane singen Burschenschaftslieder, Bedienungen kleckern Gerstensaft, und Köttelbug neigt seinen kahlen Kopf vor dem Satz seines sechsjährigen Sohnes: „Papa, ich hab einen Luftballon, da ist mein Lachen drin!"

Tilt

Regierungen drängen sich zwischen die Sonnenliegen. Das Eigentum strömt in den Urlaub. Die Alkoholfahnen werden gehisst. Noch geht es vorwärts. Aber nicht mehr lange. Köttelbug ist der Mann mit dem Sichelmond als Stirnfalte. Mit dem Himmel unterm Hut. Er hat gelernt, wann er zu schweigen hat. Darüber hat er das Schreien verlernt. Köttelbug surft auf dem Sortiment abgeschriebener Maschinenpistolen. Längst sind die Njets durchsiebt. Panzerfäuste führen ein eigenes Regiment in „Schöner wohnen". Waffenhändler sind Zauberer. Den nach Wasser Schreienden verkaufen sie eisgekühlten Stahl. Ihre Verträge schreiben sie mit Tinte, die nach kurzer Zeit unsichtbar wird. Köttelbug kennt niemanden, der ihr Leben nicht ausradieren möchte. Wenn sich der Wind dreht, kräht ihm der Wetterhahn ein anderes Lied.

Sammlung

Manche Nacht verbringt Köttelbug sinnend inmitten seiner Flug-blatt-Sammlung. Fotos und Zeitungsausschnitte ergänzen diese mit Herzblut gedruckten Blätter. Wofür und wogegen er in seinem Leben schon protestiert hat! Köttelbug träumt mit weit ausholenden Gedanken zwischen Vietnam, Atomkraftwerken und Flughafenausbau. In dieser andachtsvollen Zeit negiert er die Stromversorgung und brennt Kerzen. Gut, dass man sie im legalen Handel noch erwerben kann. Man denke nur an die latente Gefahr von Molotow-Cocktails. Köttelbug verliert sich in Meditationen zum politischen Klima und wechselt zu Muscheln, in denen das Meer kalt rauscht. Eilanträge, vorläufige Festnahmen, Ge-fangenentransporte. Er kennt die Wirkung uniformiert strömender Vor-gehensweisen. Nach schnellem Lauf pocht's in den Fußzehen. Amtliche Briefe nimmt Köttelbug auch ohne Unterschrift ernst, und von unter-wegs schickt er Algenpest zur Begleichung seiner offenen Rechnungen.

Verfehlt

Ein Schornsteinfeger aus M. besucht Abend für Abend die Gastwirtschaften in W. in voller Montur mit Kehrbesen und Eisenkugel, um nach Köttelbug zu fragen, der sich an den Werktagen das Bier in den Kneipen schmecken lässt. Bisher hat er ihn noch nie angetroffen. Wenn er beispielsweise die Tür zum Goldenen Ochsen öffnet, verlässt Köttelbug im selben Moment den Silbernen Löwen, tritt der Schornsteinfeger vom Steinernen Topf hinaus auf die Straße, späht Köttelbug in die Eiserne Lerche, um nach Trinkkumpanen Ausschau zu halten. Wirte und Bedienungen kennen den ersten Satz des Schornsteinfegers, den er mit einem flehenden Blick vorträgt: "Ist Köttelbug hier?" Und jedes Mal schütteln sie den Kopf. Wird der Schornsteinfeger gefragt, was er denn so Wichtiges Köttelbug mitzuteilen hätte, antwortet er mit Tränen in den Augen: „Ich bringe Köttelbug Glück!" In jeder Wirtschaft wird Köttelbug gebeten, zu verharren und auf sein Glück zu warten, das sich mit Sicherheit in den nächsten Stunden oder Tagen einstellen werde. Aber je eindringlicher Wirte und Bedienungen diesen Wunsch vortragen, umso rascher ist er wieder zur Tür hinaus, vermutet er doch nur einen Trick der Wirtsleute, damit er just an diesem Ort eine bedeutende Zeche mache.

Nationalbewusstsein

Stellenanzeigen regen die Sinnlichkeit an. Mit flackernden Augen wird man Buchhalter, Kampfhund oder Rechtsanwalt. Der propagierte Fortschritt stiehlt Köttelbug die Zeit. Er vermisst den Zauber aus Tausendundeiner Nacht, denn er schätzt anmutige Bewegungen und mag abgerundete Eichenblätter, die den Waldboden im Herbst bedecken. In der Natur schluchzt Köttelbug vor Begeisterung, seine Neigung zum Nationalbewusstsein relativiert sich, doch sein Interesse fürs Blühen lässt sich nicht eliminieren. Kein Bach bleibt unbegradigt, kein Räuspern in der Kehle ohne Labung. Gerühmt zu werden, macht ihn ärgerlich. Aus Wolken regnet es in seine Freizeit, nebenbei wächst das Interesse fürs Sterben. Köttelbug hätte gerne ein Abonnement auf Schonung! Die Zurückbleibenden suchen im Bürgerlichen Gesetzbuch ein Verfahren, wie man sich Nebensätze ersparen kann.

Brief

Lieber Köttelbug! Denke nicht, dass Du Erfahrungen sammelst, wenn Du den ganzen Tag über fern siehst. Die Bilder, die über Deine Augen in Deinen Körper dringen, zeigen Dir eine Welt, die manchmal klar und rein ist, aber nicht wirklich transparent oder gar unbescholten. Die Nachrichten kommen zensiert daher, aber das tatsächlich Unwirkliche findest Du in den Werbeblöcken. Wenn es wieder einmal gelogen war, war es wahrscheinlich die Sehnsucht nach einem Leben, das keine Fragen aufwirft und in das man sich wie an eine Wärmflasche kuscheln kann. Das wirkliche Dilemma besteht allerdings darin, dass seit zwanzig Jahren keine neuen Filme gedreht werden. Die Film- und Fernsehindustrie beschäftigt die arbeitsscheusten Menschen der Welt. Es betrübt mich, lieber Köttelbug, dass Du völlig dem Laster des Dauerfernsehens erlegen bist. Ich wundere mich über Dein Verhalten, da mit der rasanten Entwicklung der digitalen Techniken täglich das gesamte vorhandene Bildmaterial lediglich neu kombiniert wird. Hast Du Dich noch nie gefragt, weshalb sich die Krankenhausserien so ähneln, weshalb in letzter Minute Rettung möglich oder bereits in den ersten fünf Minuten des Films jegliche Hilfe unwirksam ist? Auch in den Talk-Shows sitzen immer die selben Leute, die die gleichen Fragen beantworten und denen in nahezu identischen Situationen die Tränen aus den Augen stürzen. Lieber Köttelbug, erinnere Dich bitte an die unzähligen Deja-vu-Momente, denen Du im Bann flimmernder Bilder wehrlos ausgesetzt warst und immer noch bist. Und wenn auch das nicht hilft, denke an den Satz, den Humphrey Bogart in einem Brief an seine Mutter schrieb: "Das Leben ist hart, aber noch härter, wenn man bescheuert ist!"

Horoskop

Als Köttelbug geboren wurde, stand Uranus im Zeichen des Saturn. Zwei ungarische Grenzbeamte spielten während der Frühstückspause Schach. Das Besondere daran war, dass der eine trotz einer anfängerhaften Eröffnung nach dem fünfzehnten Zug einen bedeutenden Vorteil herausgespielt hatte. Ein Sandsturm durchfegte ein völlig menschenleeres Gebiet der Sahara, und der Papst aß eine Scheibe Brot mit viel Salami. Kurz danach trat er vor die Kameras der Welt und beschwor die Stellung der Frau in einer modernen Gesellschaft: Mutter, Mutter und nochmals Mutter. Köttelbug tat seinen ersten Schrei. Es klang wie das Miauen einer Katze, die von links kommt und Glück bringt. Unter einem Wärmestrahl erhielt er von seinem Vater die ersten Pampers seines Lebens. Obwohl in ebendiesem Moment ein Sack Reis in China umfiel und der Flügelschlag eines Schmetterlings in Indien das Weltklima nachhaltig beeinflusste, blieb das weitere Schicksal von Köttelbug, auch wenn man gewillt ist, einem Horoskop Glauben zu schenken, völlig offen.

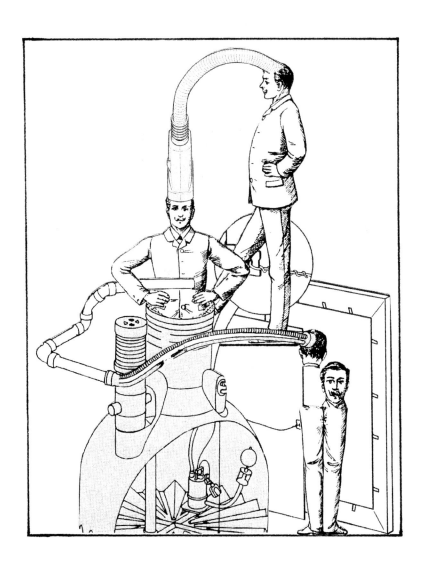

Nachtmusik

Als Köttelbug Salzburg besucht, ist von der Stadt nicht viel zu sehen. Alle Häuser, Straßen und Plätze verschwinden unter Millionen von Mozartkugeln. Aus Lautsprechern ertönt die Kleine Nachtmusik vom Endlosband. Köttelbug kennt sie nur von Anrufbeantwortern und Warteschleifen. In den Fenstern hängen deutsche Fahnen. Die Musik wird von einer angenehm klingenden Stimme unterbrochen. Sie spricht von alten und neuen Bundesländern und nun auch vom neuesten Bundesland. Köttelbug hebt eine Mozartkugel auf, schält sie aus dem Konfektpapier und beißt hinein. Marzipan. Er hat Marzipan noch nie gemocht. Umgehend verlässt er Salzburg mit dem Schnellzug Richtung Ferrero, wo man, wie Köttelbug zufällig hörte, unter Absingen von Verdi-Arien Leckereien aus Schokoladenbrüchen fördert.

Ausleben

Manchmal ergibt ein Wort das andere. Dann kann es vorkommen, dass Köttelbug seinen Fuß mit Nachdruck auf den seiner Lebensgefährtin stellt. Wie ein Signal hebt sich sein rechter Arm, und er drückt ihr mit Daumen und Zeigefinger die Nase zu, damit sie in Atemnot gerät und durch den Mund Luft holen muss. So fällt es ihr schwer, ihn weiter zu beschimpfen. Doch sie findet einen Ausweg, indem sie ihm mit dem Knie in den Unterleib stößt. Vor Schmerz beugt sich Köttelbug nach vorne, ohne jedoch ihre Nase loszulassen. Vielmehr presst er ihre Nasenflügel nun stärker zusammen. Seine andere Hand ist längst zur Faust geballt und trommelt wahllos ihren Körper. Mit einer Hand reißt sie an seinem Ohr, ihre andere verteilt gezielt Handkantenschläge auf Magen- und Herzgegend. Verbissen halten sie den körperlichen Dialog etliche Minuten durch. Wenn sie schließlich erschöpft ineinanderfallen und ihre Herzen um die Wette pochen, sind sie glücklich in der Ekstase ihrer Gefühle.

Dichterfrühstück

Die Doppelstadt, in der Köttelbug lebt, lädt ein zum Dichterfrühstück. Als Köttelbug die Plakate sieht, stutzt er, er ist verblüfft. Das Lesemotto lautet Geschlechterkampf oder Geschlechterkrampf. So genau ist das nicht auszumachen, ist das R hinter dem K doch in Klammern gesetzt. Köttelbug sinniert zunächst über das Wort Geschlechterkampf. Da denkt er an prominente Aushängeschilder wie Alice Schwarzer, an die Zeitschrift Emma, an die Versuche in der Arbeitswelt, bei gleicher Arbeit auch den selben Lohn zu erhalten. Köttelbug hat mit diesen Bestrebungen durchaus sympathisiert, aber so weit würde er doch nicht gehen, seinen Aufzeichnungen das schmückende Beiwort Geschlechterkampf zuzugestehen. Auch mit Geschlechterkrampf kommt er nicht viel weiter, ja, er denkt sogar Anstößiges, an Geschichten von Paaren beim Geschlechtsakt, die buchstäblich nicht voneinander lassen können, und erst nach einer mühseligen Prozedur im Krankenhaus voneinander getrennt werden. Ernüchtert stellt Köttelbug fest, dass kein Aspekt seines Werkes auf derartige Entgleisungen hinweist. Wie wird sich seine Lesung gestalten? Kann er mit lüsterner Sensationsgier rechnen, die die Zuhörer in Scharen in das sehr ansprechend restaurierte Restaurant lockt oder nur mit einem müden Abwinken zuvor durchaus Interessierter, die diesem aufreizenden Klammerbuchstaben keinerlei Beachtung schenken, da sie nun vermuten, dass auch Köttelbug dem Reißerischen und somit holzschnitthaft Plattem erlegen ist?

Hepburn

Auf einer Fensterbank liegt Köttelbug. Dies ist sein Rückzugsplatz, wenn er von den Trägheiten und Aufregungen des Alltags weder etwas hören noch sehen oder sich gar dazu äußern möchte. Dann schaut er auf den Horizont, wo die Berge sprichwörtlich blau sind. Die Getreide- und Roggenfelder erstrecken sich grün. Die Farben Blau und Grün beruhigen Köttelbug, doch wirklich entspannen kann er nicht, denn vom Himmel fallen Würfel ohne Markierungspunkte. Bei diesen Würfeln ist es völlig sinnlos, dass sie fallen, sie bedeuten ja doch nichts, denkt sich Köttelbug. Das Telefon klingelt und seine Freundin klagt über Kopfschmerzen, eine Lokomotive fahre ihr durchs Hirn, mit Rauch und Zischen. Wären nicht die Schmerzen, sie fände dies gemütlich. Ihre Figur erinnert Köttelbug an Magersucht, und er denkt an die Worte, die er ins Gästebuch des Frankfurter Filmmuseums schrieb: „Auch Köttelbug liebt Audrey!"

Reise

Köttelbug geht in ein Reisebüro. Die üblichen serviceorientierten Fragen, wohin er denn fahren möchte, was er denn auszugeben gedächte, ob eine Flug-, Bus- oder Bahnreise, ob allein oder mit Familie, ob in die Berge oder an die See, ob bereits in den nächsten Tagen oder erst in drei Monaten, ob in die Wärme oder doch lieber in den Schnee. Mit einer Handbewegung unterbricht Köttelbug den Wörterstrom, und in die unmittelbar eintretende Stille sagt er: „Ich möchte zweihundert Jahre zurück in die Vergangenheit reisen. Ich habe viel hinter mir und will mir nichts mehr vormachen. Aber wenn Sie mich schon danach fragen: am liebsten in einer Postkutsche."

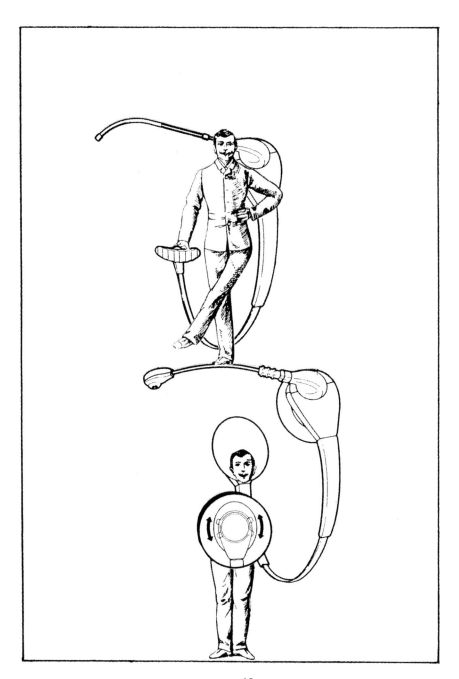

45

Ahoi!

Was ist der Mittagspause am ähnlichsten? Die Verteidigungsbereitschaft oder das Finanzwesen? Köttelbug liebäugelt mit den Verkehrsverhältnissen. Unfallverursacher zupfen ihn am Ärmel und nennen ihn Schadensgenie. Er wirft ihnen wütende Blicke zu und drückt den Alarmknopf. Fleisch wird unverkäuflich, Tomaten weisen schwarze Flecken auf, und die Schenkel erlegter Pleitegeier bietet man überteuert an. Das ist der richtige Augenblick, auf einem Schiff anzuheuern. Köttelbug hält hier nichts mehr. Einkaufsstraßen sind Sehenswürdigkeiten, Plastikgeld eine fahrige Zugabe. An seinen Kreditkarten kann man den Menschen erkennen. Minütlich wechselt Köttelbug sein Konsumverhalten, setzt auf Online-Broking. Misstrauische Blicke sind Standard. Wichtig bleibt ihm die Übereinstimmung von Katalogabbildung und Produkt. Ständig überprüft er Fahrpläne und Kalender. Allen Erfahrungen zum Trotz erwartet Köttelbug, ein anderer zu werden. Einer, der auf Ordnung sowohl in seinem Büro als auch zuhause achtet und möglichst viele Fluchtwege wöchentlich ausprobiert.

Sehnsucht

Wenn Köttelbug tief durchatmet, um neue Kräfte zu sammeln, ist sein Lachen wie ein Fußabdruck, der den Weg in die Ferne weist. Grenzüberschreitend und schallend, jede Mittellage sprengend, an der unteren Grenze eines freudigen Tränenausbruchs. In seiner Dreizimmerwohnung hat er einen Rundkurs aufgebaut, der an der Spüle in der Küche, am Sofa im Wohnzimmer und hart am Schlafzimmerschrank vorbeiführt. Manchmal kreuzt eine Spinne seinen Weg. Die fängt er spätestens am Fenster weg. Mit seinem Personalausweis, den er vorsichtig zwischen Scheibe und Becher schiebt. Vom Balkon kippt er sie ins Grüne. Wenn Köttelbug sich auf seinem Pfad angegriffen fühlt, stockt ihm der Schritt, und er achtet besonders auf unvertraute Geräusche. Da tritt ihm ein nur mit farbiger Unterwäsche bekleideter Mann in den Weg. Köttelbug fühlt sich stark verunsichert. Der Mann stellt keine Fragen, und Köttelbug hat keine Antworten parat. So überraschend wie er gekommen ist, wendet er sich wieder ab. Erleichtert sieht Köttelbug ihn auf ein armseliges Haus zusteuern, das ihn anzulocken scheint. Schweigend heftet Köttelbug nun seinen Blick auf den Horizont, der ihn ungeduldig erwartet.

Verliebt

Da Köttelbug auch in privaten Angelegenheiten auf Ordnung achtet, hat er den Augenaufschlag, der ihm als bedeutendster erotischer Moment von allen zwischenmenschlichen Annäherungen in Erinnerung geblieben ist, in seine Nachttischschublade gelegt, um ihn an jedem Abend vor dem Schlafengehen liebevoll betrachten zu können. Primäre und sekundäre weibliche Geschlechtsmerkmale haben in Köttelbug niemals eine derartige Stärke der Tiefe von Gefühlen ausgelöst wie eben dieser Augenaufschlag einer jungen Frau, der sich ihm an einem milden Frühsommertag während eines Spaziergangs im Stadtpark darbot. Um diese Erinnerung nicht zu verlieren, eilte Köttelbug zum Ausgang des Parks und orderte ein Taxi für die schnellstmögliche Heimfahrt. Im Laufe der Jahre konnte er allerdings nicht verhindern, dass die Erinnerung allmählich verblasste. Um nicht am Leben zu ersticken, sucht Köttelbug bereits seit längerem ein Lächeln. Er wünscht es sich gekoppelt an ein Erröten. Fände er auch nur ein einziges, er spräche bis zum Ende seiner Tage von einem sexuell erfüllten Leben.

Zeit

Rufe der Begeisterung verdrängen das Schweigen eines verwirrten Sommertages. Da wachsen die Äpfel auch für die Ungläubigen. Das Gleichmaß der Sonne wie ein schützender Mantel, unter dem sich die Menschenfragen abnutzen, die Begebenheiten wie scharf gezackte Steine, zusätzlich porös oder rund geschliffen. Schließlich lösen sie sich auf – in ein solides Nichts. Für ein Sandkorn an Sinn öffnet Köttelbug voll Vertrauen seinen Kopf. In den Nächten verwandelt das Fleisch im Gespräch des Geschlechts die Hitze des Tages in Zukunft. Wochen, in denen es Fragen weder als Schrei noch als Geflüster gibt, sondern nur als Denken. Heile Tage voller praktischer Harmonie als fotografierte Helligkeit der Utopie. Köttelbug gesteht die Verwandlung der sonnengefleckten Landschaft in seinen Hunger nach Schnittwunden der Verdüsterung und steigt auf den Hügel. Die sinkende Sonne verschwindet hinter den Bäumen, und auch der See ist nicht mehr sichtbar.

Aussichten

Deutsche und Dialog, da klafft ein Abgrund wie zwischen Protest und Regieeinfall. Eine Ordnung muss sein, eine Disziplin, dass Männer zwischen Gitterstäben tanzen. Gefällte Urteile widersprechen jeder genialischen Freizügigkeit. Im Netz der Bestimmungen erkennen Philosophen ihre Geisteskultur. Köttelbug würdigt frische, helle Hemden. Sein Leib schreit nach den Bürgerrechten. Seine Finanzen sind eine heilige Berufung. Wenn Köttelbug Wagner hört, fühlt er sich zur Weltoffenheit verführt. Das Land der Erkenntnis verlangt nach Akteuren. Welches Schiff trägt ihn fort? Auf welcher Seite der Gitter lacht die Freiheit? Oder weint sie? Abhanden gekommene Gedanken wandeln sich zu Exzessen und Obsessionen. Intellektuelles Geschnatter führt ins erkenntnistheoretische Minus. Es genügt Köttelbug, sich in einen Sessel zu drücken, hemmungslos fernzusehen oder einer selbstversunkenen jungen Frau zuzuschauen, um deren Taille ein Plastikreifen kreist.

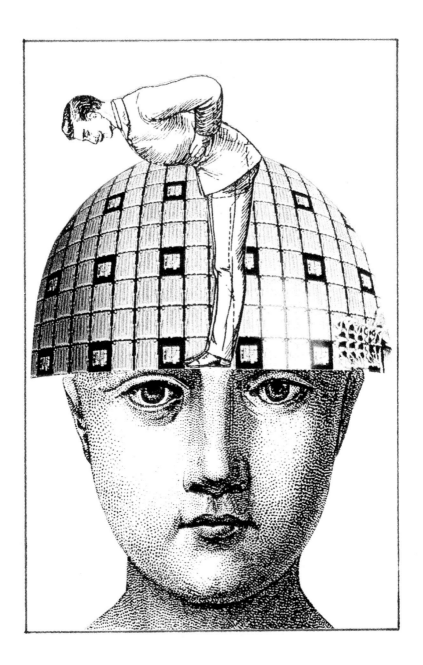

Nierensteine

Das mit den gelben Fingerkuppen ist lange her. Auch das mit dem glasigen Blick. Auf der Flucht vor sprachlosem Versagen ist Köttelbugs Leben eine seltsame Delikatesse. Rosafarben, wie rohes Fleisch. Jetzt beschäftigen ihn Nierensteine, und er fragt seinen Friseur. Daneben reicht ihm der Arzt seines Vertrauens Strohhalme der Ratlosigkeit. Er empfiehlt Köttelbug, Beziehungen zu anderen Menschen oberflächlicher zu gestalten. Bücher sublimieren seine Anstrengungen. In den Auslagen Konkurs gegangener Geschäfte die vielen Illusionen. In guter Gesellschaft mit dem erhofften Wirtschaftswachstum. Köttelbug sucht sein persönliches Atlantis. Bei dem einen mag es in der Gartenarbeit, beim nächsten im Geschlechtlichen und beim dritten im Alkohol liegen. Gibt es irgendeine Verbindung zu den Nierensteinen? Eine Frage, die ihm nicht nur Friseur und Arzt schuldig bleiben.

Berufliches

Überall Ellenbogen und Elternpaare, die ihrer Brut den Weg frei machen wollen. Köttelbug stolpert von Holzweg zu Holzweg. Er tastet sich über Gras, das er wachsen hört. Seine Ohren sind empfindlich. Ein Ergebnis der Erziehung? In der Dunkelheit des völligen Versagens zündet er ein Licht an, so oft es ihm möglich ist. Mit dem vollen Öltank im Keller steigt seine Stimmung, Gas wäre ihm lieber. Aber auch da bleiben offene Fragen und historische Vorbehalte. Die Zumutung einer Vollzeitbeschäftigung bemerkt er täglich, ja sogar stündlich. Die Zumutung der Gehaltsüberweisung erbittert ihn Monat für Monat. Doch Köttelbug unterschreibt nicht alles und verhält sich nicht immer so, wie man es von ihm erwartet. Bei Einstellungsgesprächen legt er Zeichnungen vor, Mutter, Vater, Kinder. Und alle wollen ernährt und gekleidet werden. Er verkneift es sich, einen Sommerurlaub am Meer zu erwähnen. Köttelbug denkt ans Bergsteigen, an ein Hochhinaus und argumentiert sich um Kopf und Kragen. Zum Glück ist ihm knochiger Stumpfsinn eigen. Er verlangt fünf Essensmarken pro Woche. Zuschüsse für Erdnüsse und Apfelsinen. Wieder mal ist er mit der Tür ins Haus gefallen. Da hört Köttelbug die Arbeitssirene. Das ist die Ernsthaftigkeit, nach der er sich schon immer gesehnt hat.

Haltungsnoten

Köttelbug nimmt regelmäßig an Kursen für Fallschirmspringen teil. Hoch hinaus und tief hinunter. Heute möchte er einen besonderen Sprung wagen. Kurz bevor er springt, legt er den Fallschirm ab. Köttelbug stürzt der Erde entgegen und lacht das Sprichwort „Es ist noch kein Meister vom Himmel gefallen" in die schneidend eisige Luft. Eine Jury beobachtet den strahlend blauen Himmel, verfolgt sein Fallen und gibt Haltungsnoten: 5,8, 5,7, 5,9, sogar eine 6,0 wird gezogen. Ein Sprungtuch hat Köttelbug nicht eingeplant.

Meditation

Köttelbug tritt auf der Stelle. Kaum ist er an einer Diskussion beteiligt, gerät er ins Stottern. Sinnentleerte Vermischungen von Vokalen und Konsonanten. Mit seinen Ähs und Mmhs sehnt er sich nach dem Glück erfolgreicher Einwandbehandlungen. Um seine Gesprächsdefizite auszugleichen, hat er bereits mehrere Kurse absolviert, doch Unsicherheiten überwindet er nur im Training. In einem wirklichen Gespräch ist er sprach- und argumentationslos, mit vernähtem Mund. Köttelbug fühlt sich wie vor der Hinrichtung. Wem wird er geopfert? Seinem ungereimten Leben? Den Wohlstandseinbußen? Oder den soziologischen Triumphen, die kommentarlos in den Abendnachrichten präsentiert werden? Überlebensrezepte sind wie Wassersuppe in einem Fünf-Sterne-Restaurant. Aber plötzlich kommt er wieder, der Wunsch nach barfuß im nassen Gras, nach Beißen, was schmeckt, nach Butter statt Margarine. Und genauso plötzlich ist dieser Augenblick vorüber. Nun wird Sündigen zu einer Gewichtsfrage reduziert, und Genießen ist dem Feierabend vorbehalten. Eine betörende Erinnerung an 1968 nistet in seinen Mundwinkeln, und hinter Köttelbugs gerichteten Zähnen lagern Rechtfertigungen in wunderbarer Helligkeit.

Wetter

Köttelbug wählt eine Nummer, um sich den Wetterbericht für die nächsten Tage durchgeben zu lassen. Es soll Wagenheber, Kreuzschlüssel und Radkappen regnen. Man erwartet auch Radios, Fernseher und CD-Player. Zum Wochenende hin sollen Lautsprecherboxen und Verstärker folgen. Vor einem Aufenthalt im Freien wird ausdrücklich gewarnt. Bei vergleichbaren Niederschlägen seien bereits mehrere Dutzend Spaziergänger auf der Strecke geblieben. Zur Abschreckung habe man sie an Wiesenrändern aufgebahrt. Köttelbug legt den Hörer auf, zieht sich einen Mantel an und verlässt das Haus. Feiner Sand rieselt ihm auf den Kopf, in den Kragen und auf die Schultern. Sogar in die Manteltaschen. Augen und Ohren versanden, als er in den düsteren Himmel blickt. Den Mund hält er wohlweislich geschlossen. Solange das Wetter nicht verrückt spielt, hat man eine echte Chance, denkt er sich.

Singen

Wenn Köttelbug Alkohol trinkt, entwickelt er einen starken Drang zu singen. Kaum öffnet er den Mund, sprudeln schon die ersten Töne aus seiner Kehle. Schön anzuhören, aber letztendlich ungeübt. Sobald die Sonne aufgeht, trinkt Köttelbug. Umgehend trällert er Lieder, von deren schlichter Schönheit er selbst überrascht ist. Köttelbug singt jedes Lied nur ein einziges Mal. Abends denkt er traurig an die wunderbaren, unwiederholbaren Melodien, denn er kennt keine Noten und kann Lieder nicht aufschreiben. Es wäre ja ein Leichtes, Mikrophone auf- und ein Tonbandgerät anzustellen, aber Technik ist Köttelbug völlig fremd. Kaum dreht er an einem Regler oder betätigt einen Schalter, verweigert das Gerät jegliche Funktion. Sollte Köttelbug deswegen einen Tonmeister ganztägig beschäftigen? Sind seine Lieder so gut, dass sie von seiner Kehle direkt in die Hitparaden wandern? Dass auch andere Menschen trinken und lauthals ohne Punkt und Komma auf Bahnsteigen, in Bussen und U-Bahnen, aber auch auf der Straße fröhlich singen, kümmert Köttelbug wenig.

Verwildert

Köttelbug läuft über Eisenbahnschwellen, die in einem von Unkraut überwucherten Erdhaufen enden. Verbogene Eisenpfeiler, eingerissene Metallplatten und zerdrücktes Gestänge in unwirtlicher Landschaft. Vergiften will er sie nicht, die grauweiß gefleckten Tauben, die Nahrung picken und von verwilderten Katzen umlagert sind. Gekommen ist er, um zu beobachten, fasziniert von gurrender Friedfertigkeit. Auch der kleinste grüne Fleck verheißt Würmer, selbst ein Halm verspricht Körner. Spaßeshalber verfolgt Köttelbug eine träge dahinwackelnde Taube. Sie zu fangen, betrachtet er als Kinderspiel, doch beim Hinunterbeugen entwischt sie ihm mit überraschenden Trippelschritten. Köttelbug gurrt wie eine Taube, als sich verwilderte Katzen auf ihn stürzen.

Unwahrheit

Wenn Köttelbug ins Nachdenken verfällt, denkt er immer wieder an den 15. Mai 1987. Den ganzen Tag über war draußen ein Gewitter, und er saß drinnen gemütlich im Wohnzimmer. Wohl dem, der bei Regen und starkem Wind ein trockenes, warmes Zimmer hat! Im Fernsehen wurde eine Bundestagsdebatte übertragen. Plötzlich brach es laut aus Köttelbug heraus: „Das stimmt nicht, was Sie da behaupten, Herr Innenminister, ich habe hieb- und stichfeste Beweise, dass Sie die Unwahrheit sagen!" Köttelbug war von sich sehr überrascht, argumentierte er doch ansonsten nur mit einem reduzierten Wortschatz. Der kleine Innenminister starrte ihn von der Mattscheibe her irritiert an. „Woher wissen Sie das?", fragte er entgeistert. Aber Köttelbug konnte ihm nicht antworten. Er wusste nicht, woher dieses Wissen kam. Draußen zuckten Blitze, die Tapete lachte, der Teppich wieherte vor Vergnügen und die Schnapsgläschen wagten ein Tänzchen. Köttelbug saß in sich zusammengesunken im Sessel vor dem Fernseher, während der Innenminister vor laufenden Kameras verhaftet wurde. Es lag der begründete Verdacht auf Schauspielerei vor.

Charmant

Ein Brief von ihr hat Köttelbug zurückgerufen, damit er sie umfange und emporhebe mit sehnig durchtrainierten Soldatenarmen. Wie ein O-berfeldwebel der Fliegerei ist er ihr aus dem heiteren Uniformenhimmel zugefallen. Verspricht er nicht, sie auf Händen zu tragen? Möchte Köttelbug ihr nicht lieber Gedichte zuflüstern, anstatt ein Gewehr in einer Minute und dreißig Sekunden auseinander- und wieder zusammenzubauen? Wünscht sie nicht, von ihm über eine Holzbrücke in ein geheimnisvolles Dunkel getragen zu werden? Von grünen Weinreben umspielt. Im dünnen schwarzen Sommerkleid mit den weißen Punkten und dem Spitzenbesatz an den Schultern hat sie ihre Linke um den Hals des Geliebten geschlungen, während die Rechte fest auf seiner Schulter ruht. Kunstvoll gedrechselte Holzaufbauten, knarrschabende Frühherbstblätter, zart federnde Brückenbretter. Auch das schattenumrandete Auge von Köttelbug wünscht ein Bild vollkommenen Friedens und Glücks zu erschauen.

Natur

Hirschgeweihe, die an Wohnzimmerwänden hängen, lässt Köttelbug außen vor. Man findet sie auch in Treppenaufgängen oder in einem Flur, der von Mänteln, Lederjacken und Anoraks verengt wird. Daran denken manche. Köttelbug denkt an fliegende Fischstäbchen, wenn der Regen aus Wolken fällt und die Welt deformiert. An nüchternen Frühjahrsabenden glänzt das nasse Gras, und Nymphen wälzen sich in Blütenblättern. Längst hat man die Pissoirs auf den Kopf gestellt und preist sie als Duschen an. Das heisere Raunen von Faunen durchzieht die Überlandleitungen. Bahngleise enden in der Steppe, und Steine türmen sich zwischen faulenden Schwellen. Auch unter Wasser ist es nicht viel anders. Fein gearbeitete Lederstiefel treten das bleiche Fleisch ertrunkener Nymphen. Manche glauben, dass die Faune immer gewinnen. Köttelbug hat den Blütenblättern Adieu gesagt und die Lichter gelöscht. Nur die Faune bewahren ihre Ruhe. Apropos Hirschgeweihe: Die Funkverbindung ist abgebrochen. Trotzdem bleibt Köttelbug begeisterungsfähig.

Kirmes

Auf der Fahrt stadtauswärts erwischt Köttelbug einen Igel mit dem rechten Vorderreifen. Zu den Verlierern gehören auch Rehe, Tauben, Wildschweine und besonders Kröten. Eine Mitschuld gibt er der Erdkrümmung. Ebenso den Pissoirs an den Raststätten, die von blasengefüllten LKW-Fahrern angerast werden. Entlaufene Gymnasiasten stochern den Daumen in die Freiheit und melden sich drahtlos mit der günstigsten Vorwahl bei ihren Freundinnen. Ein gemütlicher Sonntagnachmittag, an dem schwarze Rauchsäulen über Wald und Autobahn ziehen. Am Horizont eine Kirmes, deren größte Attraktion ein grell beleuchteter Schießstand ist. Man feuert auf Asylanten, die woanders keine Chance auf eine gut bezahlte Arbeit haben. Der Andrang ist enorm. Für jeden Treffer gibt es einen Chip. Plüschtiger, kleine Skelette aus Plastik, Totenköpfe mit Glasaugen, aber auch Gummimesser und Schlüsselanhänger winken den Erfolgreichsten. Ihr Leben ist harmonisch, ob Köttelbug dies glaubt oder nicht.

Fernglas

Um sein begrenztes Sehen zu erweitern und somit die natürliche Schwäche seiner Augen zu überwinden, nimmt Köttelbug von Zeit zu Zeit ein Fernglas zur Hand. Es ist nicht nötig, bis ins kleinste Detail präzise zu beschreiben, was alles näher rückt. Gehende Menschen, fahrende Autos, ja selbst in der Luft befindliche Flugzeuge. Dann die Bäume und Sträucher. Einfach alles. Köttelbug hört Schritte, sieht aber Autos, hört Autos, sieht aber ein Flugzeug, hört ein Flugzeug, sieht aber Wasserfontänen, deren Prasseln er nicht hört. Das ist auch nicht die Wahrheit, schimpft er leise vor sich hin, nimmt das Fernglas herunter und schaut in den Himmel, der sich über ihm, aber auch links und rechts von ihm, vor und hinter ihm und unter ihm blau ausbreitet.

Jagdsaison

Morgens versucht Köttelbug, sich den bevorstehenden Tag aus der Perspektive von in die Pfanne geschlagenen Eiern zu erklären. Dabei hat er die Herdplatte nicht angeschaltet. Das Wabern des trübdurchsichtigen Eiweiß' gaukelt ihm Wiesen und Wälder vor, die er während kommender Stunden aufsuchen wird. Geplatztes Eigelb, wie ein betörender Sonnenuntergang. Je nach Fließlage erkennt er auch einen Sonnenaufgang. Hat er den Morgen schon verträumt? Schnell den langen grünen Lodenmantel übergeworfen und die abgesägte Schrotflinte aus dem Schrank geholt. Köttelbug ist kein Wilderer. Hirsche, Rehe und Wildschweine haben von ihm nichts zu befürchten. Auch Hasen dürfen unbelästigt ihre lebensfrohen Haken schlagen. Auf weiter Flur hat sich Köttelbug auf schwer atmende und nach Luft ringende Jogger spezialisiert, die deutlich erkennbar unter den allgemeinen Mindestanforderungen für Hobbyläufer liegen. In den Ortsblättchen und Heimatzeitungen wird regelmäßig auf die Einhaltung der Abschussquoten hingewiesen. Durchtrainierte Jogger haben nichts zu befürchten. Ihr Verhältnis zu Köttelbug und seinen Kollegen kann sogar als besonders herzlich bezeichnet werden. Nur ein gültiger Jagdschein, der jährlich erneuert werden muss, gestattet Köttelbug diese verantwortungsvolle Aufgabe.

Generalkündigung

Es sind die Dinge, die mich an meiner Entfaltung hindern, denkt sich Köttelbug und wirft alle Gegenstände fort, die er mit sich führt. Er will das ganze Zeug nicht mehr. Dann ruft er seine Versicherungsagenten an und kündigt sämtliche Verträge zum nächstmöglichen Termin. Im gleichen Atemzug meldet er sein Auto ab. Zur Arbeit geht er nicht mehr. Kommentarlos. Die Bibliothek und das Klavier, ja die gesamte Inneneinrichtung sind eine kostenlose Zugabe für den Käufer seines Hauses, das er um einen Spottpreis hergibt. Köttelbug kommt sich nun angenehm leer vor. Er lacht sich einen Ast und setzt sich drauf.

Fremd

Wenn Köttelbug einen Anzug trägt, mit Krawatte und weißem Hemd, mit glänzenden Schuhen, die diesen reinlichen Geruch von Creme verströmen, ist er sehr vorsichtig. Er möchte sich nicht schmutzig machen. Der Hemdkragen stützt sein Halsfleisch, so dass sein Blick nicht mehr verloren auf dem Boden umherirrt, sein Oberkörper ist gestrafft, der Gang federnd und sein gesamtes Auftreten lebensbejahend. Das sind Momente, in denen er sich am liebsten siezen möchte und eine distanzierende Achtung vor sich verspürt. Köttelbug fühlt, dass er nun eine bedeutende Rolle spielen und einen Platz in der Gesellschaft einnehmen könnte, der ihm nicht wirklich zusteht, wobei ihm die Krawatte wie ein Schwert am Hals hängt. Jede Natürlichkeit ist zurückgedrängt und Unachtsamkeiten bei der Nahrungsaufnahme führen zu Verschmutzungen. Essensreste auf der Krawatte, und Köttelbug erntet tiefe Verachtung. Geprägt von Dressur, fragt er sich, ob er mit seinem Verhalten nicht einen großen Schaden anrichtet.

Übungen

Den Morgen beginnt Köttelbug mit Springmesser und Schlagring. Neuerdings sind Vorschlaghammer und Kreissäge hinzugekommen. Nach staatlicher Zulassung ist ihm die Hautfarbe seiner Klientel gleichgültig. Flaschenscherben sind grün und blau, braun und durchsichtig und keine wirkliche Hilfe. Seine Freunde raten ihm eher zu einer sauberen Briefbombe als zu einem Faxgerät. Nebenbei pflegt Köttelbug Feindschaften ohne den beruflichen Tierblick. Aber was hat er im Leben nötiger als im Tode? Wenn Algen den Mond überwuchern, hofft er auf Telefonverbindungen, die in bezahlte Sphären reichen. Auf dem Kamm bläst er Auslöschungsmelodien. Ein falscher Blick und der Henker in ihm setzt sich in Bewegung. Gelangweilt verzehrt Köttelbug seinen linken Arm. Missverständnis mit einer Tellermine. Für die Nachmittage hat er regelmäßig Übungen im freien Sprechen gebucht.

Sprichwort

Köttelbug schreibt kurze Geschichten. Wie er sich in sein Badezimmer einschließt, eine dunkelblaue Marine-Uniform anzieht, in die Wanne steigt und „In meiner Badewanne bin ich Kapitän" singt. Wie er Rauchsignale gibt, wenn er an Herzbeschwerden leidet. Dabei denkt er über eine Kur nach. Wie er drei Störche in der Luft sieht und sie mit dem Lasso einzufangen versucht. Wie er bei strömendem Regen in den falschen Bus ein- und erst bei einer ihm völlig fremden Großgärtnerei wieder aussteigt. Wie er in die Autowaschanlage fährt, in der sich eine Schafherde fürs Trockenreiben befindet. Geschichten, die sein Leben schreibt. Ab der kommenden Woche will sich Köttelbug mit Sprichwörtern beschäftigen. „Auch aus dem schönsten Arsch kommt nur ein stinkender Furz". Ein Sprichwort, das nur wenigen Menschen geläufig ist.

Tanzbar

Köttelbug besucht eine Tanzbar. Eine grüne und zwei weiße Rosen stehen in einer Henkelvase auf dem Tresen. Der Mann dahinter sieht aus wie ein Chauffeur. Blaue Schirmmütze, blaue Uniform. Eine Frau mit Glockenrock und Söckchen tanzt mit einem Mann. Sie halten sich an den Händen und tragen Hüte. Sie einen runden, er einen eckigen. Köttelbug ist der Meinung, dass sie weiter als üblich voneinander entfernt sind und erhascht die Aufmerksamkeit der Frau. Für einen Augenblick. Da tanzen zwei Riesen, denkt er sich. Köttelbug reckt sich, reicht der Frau aber nur bis an den Rockgürtel. An der Bar trinkt ein Mann mit blauschwarz karierter Hose Kaffee durch einen Strohhalm, während ein Dalmatiner auf einem Barhocker die Tanzenden betrachtet. Gleichgültig. Geh' lieber wieder nachhause, Köttelbug, armer Köttelbug!

Staatsbesuch

Köttelbug besucht Berlin. Die Bundeshauptstadt gibt sich alle Mühe. Beflaggung von sämtlichen öffentlichen Gebäuden. Auch die großen Kaufhäuser sind festlich geschmückt. Selbst kleinere Geschäfte zeigen Köttelbugs Konterfei. Universitäten, Schulen und Kindergärten sind geschlossen, der Nachwuchs steht Spalier und winkt mit eilends hergestellten Papierfähnchen, auf denen Köttelbugs Foto abgedruckt ist. Ein Konfettiregen, dass allen Beteiligten warm ums Herz wird. Die Blaskapellen der Hauptstadt und der umliegenden Städte und Dörfer bilden ein mächtiges Orchester, das unter ständigem Abspielen der Nationalhymne dem offenen Wagen der Bundeskanzlerin voranschreitet. Die Kanzlerin, Köttelbug sowie Außen-, Innen- und Wirtschaftsminister lachen und winken der begeisterten Menge zu. Ein Gegenbesuch ist bereits geplant. Köttelbug wird die Bundeskanzlerin am Bahnhof seines Heimatortes begrüßen, und dann geht's ab auf ein Bierchen in die Bahnhofskneipe. Im Lärm der Güterzüge hört man schon die Amtsgeschäfte, wie sie rufen.

Identität

Der sehr bekannte Lektor für deutschsprachige Literatur K vom noch berühmteren Verlag H antwortet Köttelbug in einem sehr freundlich gehaltenen Brief, dass Köttelbug in seinen kurzen Prosastücken bereits durch die Wahl des Namens seiner Hauptperson, nämlich Köttelbug, diesen schon im Vorhinein lächerlich mache, jedenfalls bereits mit der Namensgebung signalisiere, dass diese Figur sich nicht so richtig im Leben behaupten könne. Deshalb sei er, der sehr bekannte Lektor, ganz und gar nicht damit einverstanden, dass Köttelbugs Hauptfigur Köttelbug heiße. Er, der sehr bekannte Lektor, bevorzuge einen einsilbigen und somit neutralen Namen, Berg oder Baum. Die Literatur kenne ja Vorbilder, Lettaus Manig oder Monsieur Plume von Henri Michaux. Gerade bei so kurzen Geschichten, wo es auf jedes Wort ankomme, müsse der Name so durchsichtig und neutral wie möglich sein.

Köttelbug möchte nur allzu gern den Rat des sehr bekannten Lektors befolgen, hofft er doch auf eine erfolgreiche Zusammenarbeit mit dem äußerst berühmten Verlag, kann sich aber, auch bei bestem Willen, nicht dazu entschließen, die Identität seines Protagonisten zu zerstören, indem er dessen Namen gegen einen Begriff aus der Natur eintauscht.

Verlagspost

Wie bereits erwähnt, schreibt Köttelbug kurze Geschichten. Die mit dem Badezimmer, in das er sich einschließt, um in einer dunkelblauen Marine-Uniform in die Wanne zu steigen und „In meiner Badewanne bin ich Kapitän" zu singen. Oder die mit dem strömenden Regen, als er in den falschen Bus ein- und erst bei einer ihm völlig fremden Großgärtnerei wieder aussteigt. Aber auch die, in der er eine Frau erfunden hat, in deren Leben er gerne erwachen würde, obwohl sie gegen Mauern rennt, Brot kaut und Fliegenfallen aufstellt. Köttelbug hat eine Anzahl dieser Geschichten zusammengestellt und an verschiedene Verlage geschickt. Er möchte dem ständigen Kopieren entgehen und wünscht, sich gedruckt zu sehen. Bereits nach kurzer Zeit bekommt er vom Verlag K & M aus T eine Antwort. Man habe sein Manuskript „Köttelbug, ich und andere" mit Interesse gelesen, müsse ihn jedoch leider enttäuschen. Das Programm des Verlags sei nicht sehr groß und aus diesem Grunde schon bis in den Herbst 2009 ausgebucht. Zudem möchte und könne man sich in für das Verlagswesen wirtschaftlich nicht einfachen Zeiten nicht weiter binden, kurzum es täte ihnen Leid und sie wünschten ihm alles Gute in der Hoffnung, dass er möglicherweise bei einem anderen Verlag mehr Glück habe. Hatte Köttelbug zunächst den Kerntext dieser Absage gelesen, fällt nun sein Blick auf die Anrede: Sehr geehrter Herr Dorn! Köttelbug zuckt zurück. Ist dieser Brief versehentlich an einen ihm völlig fremden Herrn Dorn gerichtet oder war man auf Verlagsseite schon so weit, dass man ihn, Köttelbug, als einen Dorn im Auge des Verlags K & M ansah und auf diesem Weg seine Abscheu bekundete? Köttelbug ist verwirrt und wird der PS-Aufforderung, dem Verlag für die Übersendung des Manuskripts das obligatorische Rückporto zukommen zu lassen, mit Sicherheit nicht nachkommen.

Virus

Erst nach mehreren Stunden intensiver Denk- und Schreibarbeit bemerkt der Dichter, dass er den Namen Köttelbug an diesem Tag noch kein einziges Mal verwendet hat. Wie und weshalb ist ihm Köttelbug, die Kristallisationsfigur seines Schreibens, mirnichtsdirnichts abhanden gekommen? Allerdings hat sich die frisch angefangene Geschichte auch ohne Köttelbug recht flott weiterentwickelt. Eine ihrer Hauptpersonen ist ein Mann, im Aussehen Köttelbug ähnlich, in seinen Handlungen mit Köttelbug fast zu verwechseln, mit seinen Aussagen nahezu Köttelbug-identisch. Auch dieser Mann interessiert sich für Fußball, Frauen und Autos. Aber da macht sich selbst der Dichter nichts vor. Diese Person ist nicht Köttelbug und wird es niemals sein. Mutlos lehnt er sich zurück. Seit neuestem gibt er seine Sätze direkt in den Computer ein. Als er noch mit dem Füllfederhalter schrieb, war Köttelbug morgens sein erstes Wort, und er bewegte sich an diesem Namen entlang bis zum Schreibende des Tages. Als hätte ihm nun ein Virus seinen Köttelbug weggefressen. Gleichzeitig irritiert es den Dichter, dass ihm Köttelbug nicht fehlt, ja, dass ohne Köttelbug der vor ihm liegende Text sogar an Format gewonnen hat. Erschrocken klickt er sich aus dem Programm und schließt ohne zu speichern. Morgen wird er den Füllfederhalter zücken, eine Patrone einlegen und den Namen Köttelbug aufs Papier schießen. Eine Geschichte, sei sie auch noch so fesselnd, hat ohne Köttelbug für den Dichter keine Bedeutung.

ich

Arbeitstag

Verschlägt es mich nicht an jedem Morgen aufs neue auf ein unwirtliches Eiland, auf dem ich Trinkwasser suche, eine Palme oder einen Brotbaum? Die Sonne brennt mir ins Gesicht und rötet mir den Rücken. Ich trete jedem Tag nackt gegenüber.

Die Insel ist winzig, und ich umlaufe sie unzählige Male. Ich gebe mich der Hoffnung hin, auf Unvorhergesehenes zu stoßen. Um die Mittagszeit spült mir das Meer Tag für Tag eine Flaschenpost vor die Füße. Dankbar kniee ich nieder und entkorke die Flasche. Ich will den Brief herausangeln, der mir Hilfe verspricht. Aber ich kann keinen Finger in den Flaschenhals schieben. Auch ein Hin- und Herschütteln hilft nicht weiter. Der Brief klebt am Innenglas. Voller Wut werfe ich die Flasche auf den Sand und suche einen Stein. Bis in den späten Nachmittag hinein bin ich auf Steinsuche. Am frühen Abend schlage ich mir die Flasche an den Schädel. Fühle ich mich nicht plötzlich von grünschillernden Augen beobachtet? Streckt mir nicht ein steinernes Gesicht die Zunge heraus? Wo ist mein Engel, der seine Arme über mich hält? Ein letzter Schlag und ich rette mich ins Dunkel.

Persönliches

Das war früher einmal, als ich mir die Haare nicht schneiden ließ. Bestenfalls die Spitzen. Als die roten Fahnen den Kommunismus herbeisehnten. Ich erinnere mich an den Wind anlässlich der häufigen Demonstrationen. Stundenlanges Naturgeblase. Die Stoffe flatternd und knatternd. Von außen betrachtet eine Ansammlung von Ablehnungen. Versehen mit dem Wunsch, das Zeugnis der Allgemeinen Hochschulreife zu verbrennen, vergaß ich, den Weg zu einer abgesicherten Zukunft zu betreten. Es genügte, wenn ein Strandspaziergang übrig blieb. An einen Sessel im Plenarsaal des Bundestags dachte ich nicht. Den hat ein ehemaliger Mitschüler ergattert. Aber für diese Verfehlung bin ich nicht zuständig. Heute denke ich an einen unbesetzten Sessel, an ein Mikrophon, in das nicht hineingesprochen wird, an eine Kamera, die nicht angeschaltet ist. Ich träume von einem Platz, wo ich mich auch jetzt nicht befinden möchte. Kein Zweifel, mein Hang zum Bilanzieren verunsichert mich. Ich kokettiere mit meiner Neigung zum Oberlehrer, manchmal irritiert von der Logik des Schwächerwerdens. Dann behandle ich mich wie einen Kriminalfall. Den Studentenausweis und die Zeugnisse habe ich ja schon längst verbrannt, aber ich als Erfinder der Verweigerung? Ob ich lebensfroh in meine Zukunft blickte? Ich kann es nicht bestätigen. Bei genauer Lektüre erspare ich mir meine Berufe. Hieß es nicht, dass mich das Leben verschlingen würde? Für ein freieres Durchatmen nehme ich Lavendelöl oder Echt Kölnisch Wasser. Ich habe ein Kind zu versorgen und gerate häufig in den unkontrollierten Strudel der Nahrungsaufnahme. Die vegetarische Doktrin mag ich nicht. Bestenfalls als Beilage. Mit regelmäßigen Mahlzeiten setze ich meine Kur fort, hoffe auf eine völlig andere Karriere, hole den Weihnachtsschmuck vom Dachboden und betrachte mich als Marionette. Diese Fäden und immer im freien Raum. Wahrscheinlich ist es bloß ein Schrei, der von mir überliefert wird.

Außenseiter

Die Erde sei ein Käfig voller Narren, so hörte ich unlängst. Aufgeregt schnatternd liefe man herum, ständig jeder Terminnot hinterhertelefonierend. Hechelnde Wesen in erstickenden Räumen.

Alles grenzt so eng aneinander. Entfernungen haben jegliche Bedeutung verloren. Die Nachrichten sind schneller als die Abfolge von Blitz und Donner, die Raffgier atemloser als das Weltall.

Und ich?

Ich sehe grapschende Hände, wie sie alles befingern, an sich reißen, benutzen und wieder fortwerfen. Hin und wieder versucht ein ganzer Arm dem Käfig zu entschlüpfen und die Finger krallen nach Hilfe. Plötzlich schiebt sich eine Hand durch das Gitter und präsentiert triumphierend meinen Kopf.

Spiel

Pik-As und Pik-König sagen mir nichts, als ich meine Karten aufdecke. Über erntereife Getreidefelder weht ein verführerischer Sommerwind, aber ich sitze bei Lampenlicht am Spieltisch. Die Fenster sind zugehängt. Kein Sonnenstrahl undsoweiter. Mit meinen Karten gewinne ich eine halbe Frau, vom Bauchnabel abwärts. Sie trägt eine Strumpfhose mit einem Fischgrätenmuster und ist aussätzig. Während die Karten neu gemischt und verteilt werden, möchte ich raus in die Felder. Geckos hocken an Holzmasten und züngeln sich Fliegen und Spinnen. Ein besonders eifriger verleibt sich meine halbe Frau ein. Da lachen meine Mitspieler. Vielleicht hast du beim nächsten Mal mehr Glück und gewinnst eine ganze, tröstet mich einer.

Glück

„Sei flexibel und wirtschafte nicht mit fremdem Glück", riet mir
mein Vater. So liege ich nun fröhlich im Badewasser, plansche mit einer
gelben Gummiente und mokiere mich über Reformen. Heute steht auf
dem Programm, den konkreten Ratschlag in seinen jeweiligen Auswir-
kungen zu reformieren. Engagierte, Überzeugte, Zweifler, Ernüchterte
und Selbstdenker, aber auch Mitläufer, Abnicker, Lobhudler und Jasager
schließen Koalitionen. Es heißt zwar, dass erst Not zusammenschweißt,
doch im Schatten einer obskuren Regierung ist manch ein Bürokrat für
Überraschungen gut. Als ich noch dem Bund der Journalisten angehörte,
hatte ich redliche Absichten. Klar und nachvollziehbar mein Engagement. Nun versuche ich nicht mehr, das Lebensglück in Zeilen zu zwän-
gen. Was keinem Staat gelingt, erschreibe ich mit wenigen Litern Rotwein. Verkleinerungen sind meine Maxime. Fassaden verschwimmen,
Leben spielt sich vornehmlich in Kellern ab. Ich erahne das Glück. Es
wohnt im Absurden und kostet einen Augenaufschlag.

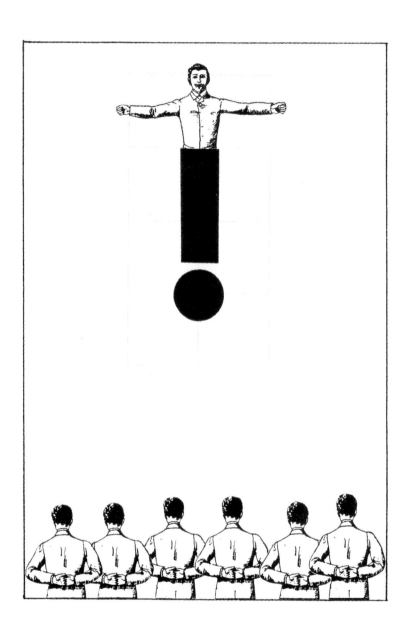

Korrekturen

Ich spaziere ohne Punkt und Komma unter einem Himmel voller Deklinationen. Mich spricht die Schönheit abbrechender Relativsätze und zitternder Konjunktive an. Da, ein indikativischer Axthieb! Meine Muse kriecht in die Gänge der Satzkonstruktionen, die sich Servietten umbinden, bevor sie Vokale trinken. Die Überschriften essen bereits mit Messer und Gabel. So laufe ich ohne Muse dahin, habe Schlafprobleme und drücke mich am Postamt herum, um meine Briefe einzuwerfen. Hinter jede Adresse habe ich ein Fragezeichen gesetzt, die Briefe selbst nur unbeschriebenes Papier. Ich entschlüpfe in die Nacht, stelle mich bei Substantiven unter und werfe zum Zeitvertreib mit Adjektiven nach maroden Verben, die unter der Konjugation ächzen und längst zu wehrlosen Opfern meiner Übergriffe im Satzbau geworden sind. Unten an den Flussbrücken vergeht ein Tag wie der andere. Gedankenstriche und Kommata treiben vorüber, während sich Punkte und Ausrufezeichen ans Ufer retten. Noch ist nichts entschieden, und die besten Sätze bleiben folgenlos. In der Wohnung über mir eine Verschwörung der Fußnoten. Aber auch die beeinflussen mein Verhalten nicht.

Dylan

Die Ungerechtigkeit in der Welt schreit nach Konsequenzen. Einmal wie Dylan an der Straßenecke. Ich hole die Gitarre aus dem Koffer, zurre das Lederband fest, nehme ein Plektrum und schlage die ersten Akkorde. Jetzt fühle ich mich als Troubadour. Ein harter Regen stürzt herab. Troubadour und selbsternannt. In meinem Kopf werden Lieder für eine bessere Welt gespielt. Dieses mich schützende Endlosband. Bin ich ein Prophet? Singe ich Wahrheiten? Wen kann ich überzeugen? Was ich erlebe, ist nicht von Dauer. Klugscheißer rufen sie mir zu!

Selberdenken

Wenn ich wieder auf einen Befehl hin angetreten wäre, in Reih' und Glied ausgerichtet stramm stünde, wenn ich mit trockener Kehle mund-offen der feuchtfröhlichen Segnung schmeichlerischer Versprechungen harrte, weil ich vorerst nicht zu denen gehörte, die ausgesondert und in geordneten Haufen einem Lager zugebrüllt werden, wenn ich büchsen-klappernd mich zu jeder Sammlung bereit fände, wer schimpfte mich aus, wenn keiner mir entgegenstünde, und wer unternähme etwas gegen mich, wo keiner seine Zustimmung verwehrt hat? Was ich nicht verstün-de, verfiele dem Index des Unverständlichen, und ich wäre befreit vom Selberdenken, das jede Starrheit zu zerbrechen vermag. Was aber wäre, wenn ich diese Starrheit unerträglich fände und in der freien geistigen und körperlichen Bewegung den Kern meiner Menschenwürde entdeck-te? Ich sänge noch mit fleischlosem Schädel mein Lied vom Überleben in dunkler Zeit. Aber wen gäbe es, der mit mir einstimmte?

Balzani

Wenn ich dem Trend folge, wünsche ich mir Geld, Häuser und Frauen. Das versteht jeder, der in dieser Gesellschaft lebt. Die Lungen weiten sich. Ich will kein Hundeleben führen. In der Brunftzeit reagiert mein Körper funktionstüchtig naturhaft. In der Tasche meines fleckigen Kittels steckt die Fotografie meiner letzten Eroberung, mit einem Lächeln, das sich wie ein Pistolenhalfter durchdrückt. Ihre Besuche bei mir sind rein mündlicher Art. Zunächst widerstand sie mir, aber nach und nach entwickelte sie Patente auf Aktivitäten. Bestimmte Momente wuchsen sich zu Ereignissen aus. In der Ekstase rief sie „Balzani, Balzani", und es klang so wuchtig, dass ich nicht fragte, wer oder was Balzani sei. Zur allgemeinen Beunruhigung: Ich weiß es noch immer nicht. Körper können die Eigenschaften von Flächen annehmen: deckungsgleich. Verheerende Folgen, wenn sie Zahlen gebären. Ist es da nicht einfacher, ein Verfahren für Aktbilder in der Rückansicht zu entwickeln? Aber ich lasse mich nicht bestechen! Je breiter der Rücken, desto englischer die Steifheit.

Goldfische

Von Zeit zu Zeit werfe ich Bleistifte, Kugelschreiber und Federhalter in den Gartenteich. Mögen Passanten miteinander tuscheln, wenn sie Zeuge dieses Auftritts werden. Mich stört das nicht. Auf dem Papier, das ich ihnen zugestehe, verfassen meine Goldfische neben ihren Memoiren auch Petitionen, in denen sie mich auffordern, endlich gegen den räuberischen Fischreiher vorzugehen, der ihre Verwandtschaft dezimiert. Diese Durchschlagskraft nehme ich wörtlich und ziehe ein Netz über den Teich. Auch Möwen wetzen ihre Schnäbel und kreischen zum Angriff. Insgeheim bewundere ich sie, wie sie sich in schönen runden Kreisen bewegen. Wasser verpflichtet zur Bodenständigkeit. In ihrer letzten Petition baten die Goldfische, in ein Zimmeraquarium übersiedeln zu dürfen. Ich dulde weder Katzen im Bett noch einen Hund auf dem Sofa, und Fische kämen mir auch nicht ins Zimmer, ließ ich sie wissen. Wer den Fischreiher überlebt, klagt mit Würgemalen, abgerissenen Flossen und abgeschabten Schuppen. Den Forderungen der Goldfische nach Handfeuerwaffen werde ich wohl nachkommen.

Inkarnation

In meinem früheren Leben war ich ein Drache. Leichte Waffen wie Speere und Schwerter drangen nicht durch meinen Panzer. Ebenso wenig wie die Mahnreden frömmelnder Prediger. Mit einem präzisen Feuerstoß beendete ich das Geplapper. Meine Krallen, die zentimeterdicken Hornplatten, meine Nahrung, vor allem meine rauchige Art zu lachen, all das waren untrügliche Indizien meines Drachentums. Den Menschen war ich wohlgesonnen, besonders den holden Jungfrauen, die ich termingemäß aus den Dörfern forderte. Ihre Aufgabe war es, mich zu unterhalten. Spitzenschleier, Brokatgewänder, das Kostbarste, was die Bauerntruhen hergaben. Wenn sie begannen, mich mit Schleiertänzen und dem Halsgekraule zu langweilen, verkörperten sie immerhin noch eine schmackhafte Mahlzeit. Die Zeit bis zur nächsten Jungfrau überbrückte ich mit übermotivierten Rittern, Predigern, dem einen oder anderen Dahergelaufenen, aber auch mit streunenden Hunden, zerzausten Katzen und Skorpionen. Manchmal waren die Sommertage schrecklich, und ich lag heiß atmend im Fliedergebüsch. Dann träumte ich von Salomos Schönheiten, deren Schönste ich selbst in einer noch früheren Inkarnation einmal war, angebetet, matt und lasziv, von bewegungsunwilliger Natur. In der Erinnerung ist es schwer, ein anderer gewesen zu sein. Denn war man es einmal, ist man in seinen weiteren Leben völlig erschöpft.

Bernhardiner

Flüchtend lach' ich noch, als ich auf heißem Asphalt wate. Am Hosenbein hängt mir das grobe Gebiss eines unerbittlichen Bernhardiners. Er bietet mir keinen Rot-Kreuz-Drink an mit nach rechts und links gutmütig heruntergezogenen Treueaugen. Nein, der nicht. Der zerrt an meinem Kleidungsstück und will mich zurückhalten. Aber wohin laufe ich? Wo ist mein Ziel? Der Bernhardiner knurrt mit eingezogenem Hals stärker an meiner Hose. „Das nenne ich Qualitätsstoff", freue ich mich. Mit einem Prankenhieb reißt mir der Hund die rechte Gesichtshälfte auf. Ich bin nicht willens, ihm auch die linke hinzuhalten. Obwohl der Bernhardiner seine Hinterläufe in den weichen Asphalt drückt, ziehe ich ihn langsam hinter mir her. Tiefe Furchen ackernd, zeichnet der Bernhardiner die Straße. Viele Fenster hellerleuchteter Zimmer werden geöffnet. Menschen lachen heraus und klatschen Beifall über so viel offensichtliche Anhänglichkeit.

Regen

Was ich am meisten auf der Welt liebe, ist das ruhige Sitzen auf einer ganz bestimmten Friedhofsbank. Ist das ein abstrakter Persönlichkeitsfehler oder ein konkreter Charakterzug? Freunde und Bekannte, die mir manchmal Gesellschaft leisten, verlassen schon bei kurzem Regenguss diesen Ort wie in Panik. Aber Regen hält sich nicht an Zeiten, zu denen wir uns in Vorder- oder Hinterzimmern aufhalten. Regen nimmt auch keine Rücksicht auf Essen und Trinken, wenn er das mit Wurst belegte Brötchen aufweicht oder den Apfelsaft verdünnt. Manchmal rege ich mich auf, wenn es regnet, weil mich der Wasserstand beunruhigt. Darüber fällt manch anderer in Schlaf. Ich finde die nassen Grabsteine schön, ich finde alles schön, was meine Friedhofsbank umgibt. So ist meine Natur. In den Gräbern liegen Gewerbetreibende und Sachbearbeiter, Klavierspielerinnen und Lehrer, Kranführer und Metzger. Auch Opfer von Diäten. Alles Bittsteller des Lebens. Alles Ehemalige. Wer von ihnen wird eines Tages an meine Tür klopfen, um mir zu sagen, dass man das Grundgesetz geändert hat?

Hollywood

Hier in Hollywood hat sich die Sensation dem Gewöhnlichen geöffnet. Das Amerikanisch ist ausgestorben. Man spricht eine ganz fremde Sprache, die ans Usbekische anklingt. Auch die Tätigkeiten haben sich gewandelt. Ich zum Beispiel arbeite nur nachts und male das Licht der Scheinwerfer in den Himmel. Graut nicht schon der Morgen? Diese Stille. Hin und wieder das Meckern von Delphinen, das an den Bergen widerhallt. Sie lachen über die Mafiosi, die ihre Schuldner in Säcke nähen und weit draußen in den Pazifik werfen. Auch die verwesten Bettlakenleichen mit Zement an den Waden sind hinreichend bekannt. Man müsste durch Kiemen atmen können. Müsste, könnte, möchte. Ich lebe im Konjunktiv. Das Schweigen der Nacht verwirrt mir die Syntax. Ein letzter Pinselstrich und ich habe mein Werk für heute beendet. Ich bin eine Instanz für Lichtmalerei und halte Monologe. Morgen schreibe ich mich an der Universität ein, um zu lernen, wie man Zielscheiben malt.

Blut

Ich habe keine Wohnung, bloß einen rostzerfressenen Ford. Der steht räderlos aufgebockt am Rand der Wüste. Da hause ich mit meiner Lebensgefährtin, die den Rücksitz seit Jahren nicht mehr verlassen hat. Ich gehe einer geregelten Tätigkeit nach, drücke mir jeden Morgen ein Flechtwerk aus Rosendornen in die Stirn und stelle mich an den Aufgang einer Rolltreppe, stumm, mit nach vorne offen gekrümmter, linker Hand. Die wirkt hilfesuchender als die rechte. Ich habe kein Sprüchlein, nur mein demütiges, regungsloses Verharren. Münzen werden mir in die Hand gelegt. Die meisten aus Eisen. Auch ein paar silberfarbene sind darunter. Dankbar neige ich kaum merklich meinen Kopf. Während der ersten Stunde sind die Blutrinnsale noch frisch. Dann verkleben sie zu braunem Grind, der nach Berührung im Wind verweht. Nach einem Achtstundentag kaufe ich Hamburger und Pommes Frites, gehe zum Ford und starre mit meiner Lebensgefährtin nach draußen. Wir lieben die blaue Stunde und schauen Fröschen zu, die regelmäßig abends vom Himmel fallen. Wer Blutpfützen bewahren will, muss sich für die Wüste entscheiden.

Ideologie

Mit deinem frei von jeglichem Zweifel ausgestreckten Zeigefinger, auf dem ich, beileibe nicht allein, mit erwartungsvoll klopfendem Herzen vorwärts stürme, weist du mir und meinen Kampfgenossen den Weg in eine hellerleuchtete und erfüllte Zukunft. Schwingen wir nicht mutig unsere Fahnen, halten wir uns nicht mit menschlicher Wärme und Anteilnahme, zur gegenseitigen Aufopferung bereit, an den Händen? Wir strömen in die von dir gewiesene Richtung, eilig, im Laufschritt, nahezu atemlos, mit den Bannern der Freiheit, der Brüderlichkeit und der Gleichheit. Von den Hügeln deiner Fingerknöchel gönnen wir uns kurz einen Blick zurück, um hochbefriedigt eine unüberschaubare Masse Gleichgesinnter fahnenschwenkend und vielkehlig jubelnd auf uns zustürmen zu sehen.

Erst als wir auf dem Nagel deines Zeigefingers ausgleiten und über die Kuppe hinab in einen unerklärlichen Abgrund stürzen, lösen sich unsere Hände voneinander. Im freien Fall höre ich die verzweifelten Schreie der mit mir Stürzenden, rufe selbst nach Hilfe, während die jubilierenden Gesänge langsam verebben.

Poet

Ich habe einen krummen Rücken, brauche aber kein elektrisches
Licht für meine Illuminationen. Ich fühle mich von Woche zu Woche
besser, wenn ich nach ausgedehnten Erkundungsgängen zum Haus zu-
rückkehre, einige Kerzen anzünde, mir ein Glas Wein eingieße und Tinte und Federkiele auf den Tisch stelle. Die Nacht ist tiefschwarz, die
heißen Tagesstunden wie verwischt. Am Merkbrett hängen Todesanzei-
gen. Mit Versen aus der Bibel zum Geleit. Die Namen sind besonders
groß gedruckt, darunter die Geburts- und Sterbedaten. Eine Schlichtheit
im Text, die ich ständig anstrebe, aber wohl nie erreichen werde.
Manchmal liege ich auf dem Boden und schaue schräg nach oben. Mein
Himmel ist ein Dachfenster, quadratisch gerahmt. Ab und zu dröhnt ein
Flugzeug durch das Wolkenbild, laut, aufdringlich, metallisch nah.
Auch Rot-Kreuz- und Polizei-Helikopter sicheln den Blick, wenn die
nahe Autobahn verstopft ist oder nach einem entflohenen Strafgefange-
nen gefahndet wird. Diese zu Herzen gehenden einfachen Lösungen.
Bevor ich beginne, Fragen aufzuschreiben, wälze ich mich mit hohem
Fieber in den Antworten. Die Einsicht, als mein eigener Arbeitgeber
endlich aufzustehen und den Federkiel in die Tinte zu tauchen, ist von
einleuchtender Endgültigkeit.

Eine andere Sicht der Welt

Genügt es, wenn ich mich auf das Dach meines Hauses setze, um mich mitsamt dem Haus abtransportieren zu lassen, hin zu einem neuen Standort, zu einer Umgebung, die mir eine andere Sicht der Welt ermöglicht?

Kann ich während des Transportes in die vorbeirauschende Landschaft schauen, jederzeit Halt! zu rufen bereit, wenn mir eine Wiese oder ein Stück Wald dahinter oder Sträucher, Brombeersträucher beispielsweise, leicht wirbelnder Sand, kurz gesagt das Panorama besonders gefallen?

Kann ich vom Dach meines Hauses dem Sattelschlepperfahrer über die dröhnenden Motorgeräusche hinweg Befehle zurufen, die den Willen zur Veränderung beweisen?

Straßen durchziehen alle Länder, aber es gibt Grenzen, über die man nicht, nicht einmal als Hausbesitzer, hinausgelangt. So lasse ich mich vielleicht wieder zurückfahren, muss unzählige Male neu auftanken, weil die gewünschte Umgebung schon vermietet oder verkauft ist. Ein Haus ohne Grund und Boden, ein Wärmeplatz ohne Heimat.

Vielleicht muss ich ewig herumziehen, ohne an eine wirkliche Rast denken zu dürfen. So lange, bis ich vom Dach purzele oder kein Geld mehr für Benzin habe. Gnädig der Müllhaldenfriedhof, der mich nach der schier endlosen Reise in seine Umklammerung nimmt.

Feierabend

Der Sekundenzeiger meiner Wanduhr kreist gegen den Uhrzeigersinn. Ist das ein geometrisches, mathematisches, abstraktes oder praktisches Phänomen? Ich öffne den Glasdeckel und stelle den Zeigefinger auf die 2. Da tickt über die 4 und die 3 der Sekundenzeiger auch schon heran und pocht an meine Haut. Ein leichtes Klopfen, das sich nicht beschwichtigen lässt. Seit wann hat die Uhr diese Kehrtwendung vollzogen? Dass meine Falten nach und nach verschwinden, ist für mich kein Anlass zur Besorgnis. Allerdings bekomme ich mit der Stimme allmählich Probleme. Sie klingt nicht mehr fest und sonor, so wie gewohnt, sondern wechselt unvorhersehbar in ein Krächzen, das mir umgehend eine Röte ins Gesicht treibt. Am Telefon kann ich mich räuspern und die Situation überspielen. Im persönlichen Gespräch legt mir mein Gegenüber die Hand auf die Schulter oder gar auf den Kopf. Hin und wieder streicht man mir auch beruhigend über die Wange. Wenn ich mich angegriffen fühle oder nicht mehr weiter weiß, stockt mir der Atem und Tränen stürzen mir aus den Augen. Dann kommt es vor, dass man mir einen leichten Klaps auf den Hintern gibt oder mich hochhebt und zärtlich die nassen Locken aus der Stirn streicht. Meine Trauer hält nicht lange an, ich schlage lachend die Händchen zusammen und reibe mir die Augen frei. Wie müde ich bin! Dada, dada, stammele ich, bevor ich mit dem Daumen im Mund einschlummere.

Geiger

Als Geiger findet man nur schwer eine einträgliche Stellung. Die großen Opernhäuser sparen an festem Personal. Ein Anruf genügt, und die erste Bratsche kommt aus Budapest, das Fagott aus Moskau oder eben eine Geige aus Prag. Sogar nur fürs Wochenende. Eingepfercht in alte VW-Busse mit den Instrumenten auf dem Schoß oder als Sitzgelegenheit, singen sie vaterländische Lieder und lassen feuchten Augs den Hochprozentigen herumgehen. Manche schweigen wie Tiere, hin und wieder lacht ein Mund. Am Zoll werden sie durchgewunken, dabei schmuggeln sie Arbeitsplätze. Mich lässt man im Regen stehen. In diesem Zustand hilft mir nur noch Kortison, ab und zu eine geringe Dosis Arsen. Während ich meinen Kummer ertränke, krabbeln Ameisen aus dem Fußboden. Mein Geigenspiel ist unrentabel. Bohnensuppe statt Lammfilet. Wenn ich allein durch den Wald gehe, ziehe ich meine Geige hervor und spiele mir was zur Aufmunterung. So verharre ich nicht als mein lebender Stellvertreter und gewinne Gefühl für mich zurück. „Spiel auf, Zigeuner!" rufen mir Spaziergänger zu und pfeifen ihre Kinder heran, näher zu sich.

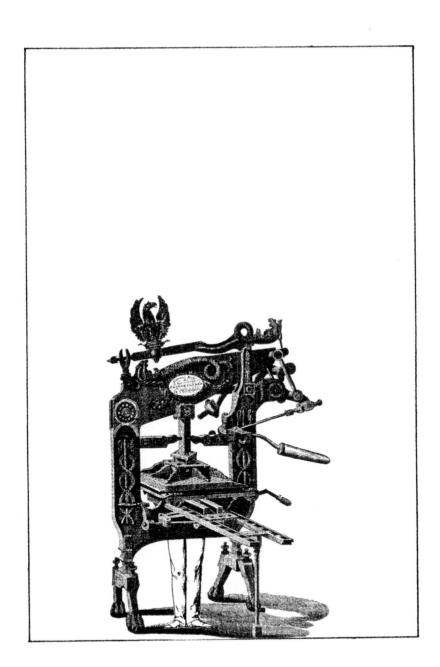

Dämpfer

An Samstagen entwickele ich einen Hang zum selbstständigen Handeln. Früh am Morgen fahre ich zum Supermarkt, um Kartoffeln, Kopfsalat, Steaks, Senf und und und einzukaufen. Auch mehrere Beutel mit Spaghetti lege ich regelmäßig in den stets gut gefüllten Einkaufswagen, denn meine Frau isst am liebsten Spaghetti. Mit der gleichen beharrlichen Regelmäßigkeit vergesse ich die pürierten Tomaten, die für die Saucenzubereitung unerlässlich sind. „Mein Gott, wohin soll das noch führen?" klagt meine Frau. „Du hast ein völlig aufgetragenes Gedächtnis." Diese Klage dämpft meinen Willen für weitere Unterstützung im Haushalt. Aktionsscheu schiebe ich ein Trost-Video in die Elektronik und lege mich auf die Couch.

Politiker

Vor aller Augen trinkt Herr E. Wasser. Auf der ausgestreckten Hand balanciert er das Blau des Himmels. Sein Anzug weist keine unnötige Falte auf, sein Hemdkragen keinen Fleck. Aus seinem Mund fallen Sätze, die mir völlig einleuchten und die so klar sind wie der Wind in einer durchsichtigen Gebirgslandschaft. Herr E. ist bewaffnet mit der samtweichen Rhetorik ausgefeilter Debattierkunst. Hinter dem Podium ruhen seine Füße bleischwer, damit er nicht über unsichtbare Wurzeln stolpert. Seine Brillengläser verkleinern schattenumrandete Tränensäcke. Er möchte auf festem Grasboden laufen, frei von der zusammengeschnürten Last seines Bewusstseins. Ich gönne ihm jede Diätenerhöhung, ängstigt ihn doch seine öffentliche Verantwortung. Früher glaubte ich an dementierte Milieukontakte, an Käuflichkeit und peitschenlustschwingende Dominas. Das betrachte ich nun als überholt. Die Wirklichkeit ruht im balancierten Blau, und von Tränen beschlagen starren die Fensterscheiben in die Vergangenheit.

Flughafen

Mein Flughafen aus Dachlatten, meine Ausrufezeichen aus Gummi-
knüppeln, mein dunkelblauer Blick aus dem Fenster. Stählerne Barrie-
ren. Schreie, die die Sekunden überfluten. Das war zu einer Zeit, als ich
mich selbst im winkenden, klatschenden Menschenklumpen nicht wahr-
nahm. Ich bin der Sekretär meiner schreibenden Hand, oftmals schwan-
kend, aber nach der Besprühung mit Tränengas rotäugig. Tumulte,
schiere Raserei, Schienbeine mit Beschädigung. Jetzt tue ich mich leichter, beharre auf meine Irrtümer. Im Schlafanzug stürze ich aus der Tür,
um nach weiteren Nachtwandlern Ausschau zu halten. Wörterzeugungen
sind immer im Gange, Erinnerungen immer lebendgebärend. Erklärbar-
keiten besänftigen wie Tabletten. Dann trinken die einen Bier und die
anderen Wein, und die Sieger stehen oben im Rampenlicht. Diese Pil-
lendreher des Fortschritts. Ihre Weisheit verkaufen sie als Vernunft.
Und alle geschaffenen Tatsachen sind plötzlich vernünftig. Du musst
radikaler sein, rät man mir.

Erfindung

Ich habe eine Frau erfunden. Aber dort, wo ich bin, ist sie nie! Immer hält sie sich im Nebenraum auf. Ich beobachte sie durchs Schlüsselloch. Manchmal setzt sie sich auf einen Stuhl, vorausgesetzt einer ist vorhanden. Es sieht nett aus, wie sie die Beine übereinander schlägt, sie hat schlanke Beine, und wie sie ihren Rock zurechtstreicht. Manchmal kichert sie oder rennt gegen Mauern, kaut Brot oder nimmt Zettel und Bleistift. Oft bricht sie in Schweiß aus, atmet hörbar und stellt Fliegenfallen auf. Verhalten sich alle Frauen so? Ich habe erst eine erfunden, bin also ohne Vergleichsmöglichkeit. Es ist zwecklos, wenn ich mich ihr nähere. Ich öffne die Tür und schwupps! kichert sie in einem anderen Zimmer, stellt ihre Fliegenfallen woanders auf. Das hörbare Atmen und die Schweißausbrüche sind mir sicher. Hat sie Angst? Und wenn ja, wovor? Ich würde ihr gerne helfen, aber mehr als Blicke durchs Schlüsselloch sind mir nicht vergönnt. Ich verschlinge sie mit meinem rechten Auge, ja, ich liebe sie längst. Sie ist jemand, in deren Leben ich erwachen möchte. Bei ihr bleibt mein Verhalten ohne Folgen, sicherlich leugnet sie es sogar.

Lebensgewinn

Ich besitze Begriffe wie Pünktlichkeit und Ordentlichkeit, Pflichter-
füllung und Strebsamkeit, Karrierebewusstsein und Konsumfreudigkeit.
Dies ist lediglich eine winzige Auswahl. Ich möchte Sie bitten, die mir
angehörenden Begriffe einzuwechseln.
Unbedingt benötige ich Freude und Lachen, Euphorie und Verzweiflung,
Begeisterung und Leidenschaft.
Ich kenne die derzeitigen Kurse nicht, bin aber in jedem Fall bereit,
meine Begriffe auch mit hohen Verlusten und weit unter Wert einzutau-
schen.

Fabel

Soll mein Hund tun, was ich will, oder soll er tun, was er kann? Ich widme mich dieser Lebensfrage eine ganze Woche lang und kehre Menschen unter den Teppich, manchmal zwei, manchmal vierzehn. Ich höre, was sie sagen, ich kenne ihre Wörter, aber mein Verstand ist tabula rasa, und ich verstehe sie nicht. Weshalb gibt es so wenig Aufmunterung? Mittlerweile kann ich mich vor frohlockenden Forderungen schützen, wobei ich auf exakte Formulierungen großen Wert lege. Das verdanke ich den Aktivitäten meines Zweitlebens. Das Erstleben habe ich an der Berufsgarderobe abgegeben. Der Wald, in dem ich spazieren gehe, ist ein Druckfehler, mein Körper schmiegt sich in die Wiese, langsam und ohne Anstrengung. Meine Kenntnisse beschränken sich auf die vier Grundrechenarten. Pferde gibt es noch, aber keine Postkutschen, wobei Kindheit und Wunschdenken ineinander fallen. Eingehüllt in einen dicken Mantel, mit einer Haube auf dem Kopf, stapfe ich der Sonne entgegen. Es ist unwahrscheinlich, dass ich ankomme. Doch so werde ich selten und mache mich rar.

Karriere

Wer hätte nicht den Wunsch, sich vorwärts zu bewegen, eine überschaubare Strecke zurückzulegen, auf Geschaffenes und Erreichtes stolz zu verweisen, um sich nach verschnaufender Atempause einem noch unerforschten Wegstück zuzuwenden? Zunächst heben sich meine Füße leicht vom Boden, und bereits in der Zehntelsekunde des Wiederaufsetzens gilt der vorwärtsdrängende Gedanke uneingeschränkt dem nächsten Abfedern. Nach saftigen Ebenen und Auen erreiche ich Dürregebiete.

Wenn abgefallene Blüten vom Lauf ablenken und das herabtorkelnde Herbstlaub meine Augen öffnet, stoßen Kakteen mit ihren Schwertern mir in den Rücken, damit ich auch weiterhin die vorgeschriebene Mindeststrecke zurücklege.

Wenn mir der Corpus durchstoßen wird, darf ich mich, frei von Hast, ausruhen.

Ideenschicksal

Manchmal fühle ich mich wie einer, dem aus bemoostem Schädel weitverzweigte Äste wachsen, mit prallen, farbig schillernden Früchten. Während ich nachdenklich meinen Kopf hin- und herwiege, löst sich das überreife Obst von den Schädelästen und zerplatzt fleischig auf noch unbeschriebenen Papierbögen.

Ich überlege, sinniere, stiere auf das Papier und rutsche sitzend nach links, nach rechts. Die Früchte duften köstlich. Wenn ich länger untätig auf das Papier starre, beginnt dieses seltsame Obst zu gären. In der darauffolgenden Phase riecht es widerlich.

Während meine Ideen verfaulen, wünsche ich mir eine winterliche Schneedecke.

In Gefahr

Gestehe ich nicht alles, wenn mir von würgenden Händen der Atem flachgepresst wird? Wenn ich dabei problemlos emporgehoben, also richtiggehend ausgehebelt werde?
Nach Luft schnappend, zeige ich meine Zähne im aufgerissenen Mund. Eine Abwehrhaltung ist nicht mehr möglich. Die fremden Hände stoßen bis an mein besabbertes Kinn. Parallel zur Gebissentblößung verengen sich meine Augen zu Sehschlitzen. Der Mund verliert als Zärtlichkeitsobjekt jede erotische Eigenschaft.
Hilflos hänge ich in meiner Kleidung wie an einem Fleischerhaken. Die in der ersten Reaktion zur Abwehr erhobenen Arme fallen rasch schlaff herunter, wenn ich meine ausweglose Situation registriert und begriffen habe.
Nun kriechen bald aufmerksame Taranteln in den sperrangelweit erstarrten Mund.

& andere

Liebesgeschichte

Marietta Felsbuckl war unglücklich. Schuld an diesem Unglücklichsein war die Veranlagung, dass ihre Brüste bei steigender sexueller Erregung verhärteten und sich wie Tankdeckel abschrauben ließen. Darüber war auch ihr Geliebter Giovanni betrübt, denn es gehörte zu seinen großen Leidenschaften, Mariettas Brüste umkreisend zu liebkosen. Beide gewöhnten sich während der ersten Monate ihrer Beziehung bis zu einem Höchstmaß an körperlichem Einverständnis und sexueller Perfektion aneinander, und doch war es für Giovanni mit erneutem Erschrecken verbunden, als er feststellte, dass es nicht bei der Abschraubbarkeit der Brüste blieb. Als Fußfetischist in erträglichen Grenzen, so pflegte er sich selbst zu bezeichnen, war es ihm an einem Sonntagabend zunächst unangenehm, plötzlich Mariettas linken Fuß lose in der Hand zu halten. Interessiert betrachtete Marietta ihren Stumpf. Sie empfand nicht den geringsten Schmerz. Um die peinliche Situation zumindest mit Worten ein wenig zu überspielen, lobte Giovanni die edle Schlankheit des Fußes, den er mit Kennerblick prüfend gegen das Fensterlicht hielt. „Jetzt kann ich nur noch auf einem Bein hüpfen und dir nicht mehr entkommen", bemerkte Marietta schelmisch lachend, und Giovanni beeilte sich errötend, ihr den Fuß wieder anzuschrauben.

Wochen und Monate vergingen, und Marietta Felsbuckl fand immer stärker Gefallen an Giovannis Zärtlichkeiten. Auch für Giovanni war es nichts Ungewöhnliches mehr, während des Liebesspiels Hände, Füße, Unter- und Oberarme von Marietta abzuschrauben und in einem Halbkreis am Fußende des französischen Bettes aufzustellen. Das Entfernen der Oberschenkel bereitete ihm zwar kräftemäßig große Mühe, aber es wurde ihm zur Gewohnheit, Mariettas Rumpf mit Kopf zu lieben und ihr dabei in die Augen zu schauen, ohne verklammerte Beine auf seinem Rücken oder umschlingende Arme um seinen Hals zu spüren.

Eines Tages wurde Giovannis Wunsch, ihr zuguterletzt auch noch den Kopf abzuschrauben, übermächtig. „Ich werde dir nicht weh tun", bemühte er sich zu betonen, als sie die Augen niederschlug und sich anschickte, ihm erstmals etwas zu verweigern. „Ich stelle deinen Kopf auf den Nachttisch, damit du uns bei der Liebe besser zuschauen kannst." Sie antwortete ihm, dass er ihr doch schon völlig den Kopf verdreht habe, aber da sie ihm bereits weitaus mehr als den kleinen Finger gereicht hatte, willigte sie schließlich ein.

Weitere Monate vergingen, und in der Liebesbeziehung zwischen Marietta Felsbuckl und Giovanni trat eine gewisse Stagnation ein. Nach und nach hatte er alle Körperteile von ihr abgeschraubt und erkundet. Es wurde ihm zu einer lästigen Pflicht, Marietta nach dem Akt erneut in den vollständigen Zustand zu versetzen. Darunter litten auch Qualität und Intensität seiner sexuellen Bemühungen. Er fühlte sich bereits müde, bevor er auch nur einen Teil von ihr entfernt hatte. Seine Bewegungen waren mechanisch, und sein Lustempfinden erreichte keinerlei Grad fleischlicher Fröhlichkeit mehr.

Und so kann es niemand wirklich verwundern, dass Giovanni Marietta Felsbuckl eines Tages nach der Liebe nicht mehr zusammenschraubte. Für ihren Rumpf räumte er einen leicht zugänglichen Platz im Kleiderschrank frei, ihren Kopf sowie die Arme und Beine stopfte er zuunterst in die Mülltonne. Zunächst war er sich nicht darüber im Klaren, ob nicht vielleicht der Kompost der richtige Platz gewesen wäre, aber von seiner Mutter hatte er noch die Belehrung im Ohr, Fleischabfälle dem Restmüll zuzuordnen.

Einkaufsliste

Wenn man von Wohlbefinden, angenehmer Balance zwischen geistiger und körperlicher Harmonie, gelungenen äußerlichen Gegebenheiten und glücklichen Lebensumständen sowie einer erfüllenden Verliebtheit spricht, sagt man, dass der Himmel voller Geigen hänge. Aber bei genauerem Hinschauen nimmt man keine Streichinstrumente wahr. Schnitzel, Erdbeeren, Apfelsinen im Netz, dunkle Weintrauben und Champignons, gewächshausgezüchtet, füllen das weite Blau. Dicht aneinander gedrängt mögen Fleisch, Obst und Gemüse den Eindruck von nebeneinander hängenden Geigen erwecken, aber ein genauer Beobachter lässt sich nicht täuschen. Allerdings irritieren ihn Fische, die offensichtlich aus weichem, rotem Gummi bestehen und ohne erkennbaren Grund aus dem Fleisch-Obst-Gemüsehimmel stürzen und schlaff in einem Zimmer landen, wo sie in der herausgezogenen Schublade einer Kommode, aber auch auf einem Lampenschirm oder der Rückwand eines Bettes ihren Ruheplatz einnehmen. Im Bett eine schlafende Frau, an deren Wange sich ein roter Gummifisch schmiegt. Wer wäre nicht gerne dieser Fisch? Die Frau schläft und träumt von einem frisch aufgebrühten Kaffee, den ihr ein netter junger Mann mit verführerischen Six-Pack-Muskeln ans Bett bringt. Ich täusche mich wohl nicht, wenn ich annehme, dass du dieser nette junge Mann nicht bist? Tomaten unterhalten sich mit Zitronen, Salatherzen werfen sich in Pose, ein wenig hochmütig der zugegebenermaßen makellose Blumenkohl. Zwischen Birnen und Äpfeln, aufgeschnittenem Braten und einer Ananas liegen noch viele rote Gummifische. Zwei haben sich in eine Schüssel mit Klößen und Speck verirrt. Vom Duft der Soße oder waren es doch die Geigen im Radiowecker? erwacht die Frau und ruft mit verschlafener Stimme in den Nebenraum, in dem ihr Sohn schläft: "Mein Großer, du musst jetzt aufstehen, sonst kommst du zu spät zur Schule!"
Wenn du bereit wärest, in dieser Situation Verantwortung zu übernehmen, fändest du dich im Bett neben dieser weichen Frau. Selbst die Einkaufsliste für den anstehenden Tag wäre bereits geschrieben.

Augenkontakt

Herr Baum verfügt zwar über eine kräftige Muskulatur, mit durchaus gesunden Organen und Funktionen, aber schon seit einer Reihe von Jahren leidet er in höchsten Graden an psychischen Angstzuständen. Dieselben bestehen interessanterweise darin, dass er niemandem in die Augen sehen kann, ohne von Todesangst ergriffen zu werden. Es schwirren ihm dann die schrecklichsten Gedanken durch den Kopf, die alle möglichen Ideeneinrichtungen verfolgen, aber doch im Großen und Ganzen in dem Gedanken gipfeln, dass ihm momentan und auf der Stelle irgend etwas Schreckliches begegnen müsse, ein entsetzliches Unglück, der Tod, ein Schlagfluss, eine spontane Blutverunreinigung durch Bakterien, ein Angriff von Seiten der betreffenden Person, die er anschaut und die auch ihn ansieht. Es schleicht sich bei ihm auch manchmal der Gedanke ein, diese Person könne ihn für schlecht, also für einen Verbrecher halten. Diese Todesangst ist so hochgradig, dass sie ihm das Leben verbittert und er sich nach dessen Ende sehnt, ohne dass er deswegen bisher einen Selbstmordversuch unternommen hätte. Aber seinen Beruf als Lehrer an einer höheren technischen Anstalt möchte Herr Baum dann aufgeben. Auf seinem Antlitz, das blass wird und sich nicht selten mit Schweiß bedeckt, spiegeln sich in den betreffenden Momenten Verlegenheit, Furcht, ja sogar Entsetzen, eine Dokumentation somatischer Erscheinungen. Infolge dieser Furcht ist er natürlich äußerst scheu, verlegen, liebt die Einsamkeit, bevorzugt dichte Waldungen und vermeidet es aufs Allerängstlichste, jemandem ins Gesicht zu sehen, wodurch sein scheues Wesen natürlich nur noch auffallender wird. Obwohl Herr Baum nun weiß, in welch hohem Grad von Angst er beim Ansehen der Augen eines Mitmenschen gerät und die Furcht vor dieser Angst keinen Augenblick aus seinem Denken verschwindet, hat er dennoch immer den Trieb, das Gesicht desjenigen, der ihn anredet, zu fixieren. Eine innere Gewalt nötigt ihn förmlich dazu, und es ist Herrn Baum fast unmöglich, in der Konversation den Blick wieder abzulenken. Die psychische Angst tritt seltener auf, wenn er Einäugige ansieht oder wenn die Augen des Gegenstandes seiner Fixierung näher beieinander liegen, als wenn sie weiter voneinander entfernt sind.

Ihm fällt es auch leichter, nur ein Auge anzusehen. Zudem machen ihm untergeordnete Personen weit weniger Angst als höher stehende. Allerdings hat Herr Baum die vom Facharzt verordnete Wasserkur sehr unregelmäßig und unordentlich durchgeführt und schon nach kurzer Zeit abgesetzt, da er keinerlei Anzeichen von Besserung bemerkte.

Eine unbekannte Begebenheit aus dem Leben von Wolfgang Amadeus Mozart

Tänzerischer und fröhlicher ist es auf Schloss Bourgainville in der Camargue seit den Tagen nicht mehr zugegangen, als Leopold Mozart mit seinen beiden musikalischen Wunderkindern Nannerl und Wolferl auf der Reise nach Wien im Jahr 1762 ebendort einen Abstecher machte. Brieflich war er mit Jean-Jacques de la Bourgainville, einem der bedeutendsten Pferdezüchter der Camargue, folgendermaßen verblieben: Für einen Auftritt im gräflichen Schloss sollte es zwei Rassepferde als Honorar für die musikalische Darbietung geben. Dem ständig reisenden und auftretenden Familienunternehmen kam es gerade recht, zwei hochwertige Kutschpferde zum Wechseln in dahineilender Arbeitshast zusätzlich bereit zu haben.

Hofmeister Giulini, eine in gräflichen Diensten ergraute kunstsinnige Persönlichkeit, begrüßte das Mozart-Trio an der Schlosspforte und geleitete die von der langen Reise Ermüdeten in ihre Gemächer, wo sie sich ein wenig ausruhen und frisch machen konnten.

Der Wahrheit zuliebe muss man gestehen, dass der Graf nicht von allein auf die Idee verfallen war, die Mozarts für ein Gastspiel zu engagieren. Seine drei unverheirateten Töchter Noirine, Vantage und Froidisse hatten ihm wochenlang lamentierend und die ländliche Langeweile beklagend in den Ohren gelegen, doch endlich einmal für Abwechslung zu sorgen und das Wunderkind am musikalischen Firmament, W.A. Mozart, in die altehrwürdigen Mauern einzuladen. In ihrer Verzweiflung hatten sich die jungen Damen nächstliegenden Beschäftigungen hingegeben. Froidisse machte dem Hofnarren Vladimir schöne Augen, ohne ihn wirklich an sich heranzulassen, Vantage saß tagelang in Unterwäsche kettenrauchend auf einem Kanapee, und Noirine versuchte ständig ihrem Geliebten hinterher zu telefonieren, der sich als Student in Paris aufhielt und der Camargue mit ihren ländlichen Schönheiten nur in den Semesterferien Anstandsbesuche abstattete, um Noirine intensiv an seine Existenz zu erinnern. Lediglich der Graf de la Bourgainville war vollauf mit seinen Pferden beschäftigt und konnte über Langeweile nicht klagen.

In diese Lethargie platzte nun die geballte mozartsche Musikalität.

Bereits zu Beginn des Konzertes schienen im flackernden Kerzenlicht die Alleenbäume an der Auffahrt enger zusammen zu rücken, näher an das Schloss heran, aus dem unerhörte Fröhlichkeit perlte. Die Mozarts waren in ihrem Element. Vater Leopold strich flüssig, frei von lästigen

Gelenkschmerzen, den Geigenbogen über die Saiten seines Instruments, das Nannerl sang mit glockenheller Stimme, und das Wolferl akrobatete auf den Tasten, dass Hofmeister Giulini den Klang des gesamten Orchesters der Mailänder Scala zu hören glaubte. An den Schlosswänden sammelten sich Gefühl und Ausdruck, selbst die Atemluft schien von Sensibilität erfüllt zu sein.

Froidisse tanzte mit dem verklärt blickenden Hofnarren Vladimir, dessen rechtes Ohr am adligen Busen ruhte. Aus der Tiefe vernahm es die Schläge, die den Takt des Lebens angeben. Vantage rauchte während des Konzertes keine einzige Zigarette, und Noirine vergaß während zwei Stunden, die Wählscheibe des Telefons in Bewegung zu setzen. Der Graf wippte bei übereinandergeschlagenen Beinen mit dem rechten Unterschenkel, und Giulini dachte daran, seinen Dienst zu quittieren, um sich trotz seines Alters seinen Jugendtraum, Dirigent zu werden, zu erfüllen. Die mit Puderperücken rotbefrackte Dienerschaft stand mit glänzenden Augen in den festlich geöffneten Türen und wartete auf Weisungen.

Da setzte das Wolferl zu einem ungestümen Solo an, dass alle Tasten des Spinetts, alle Perücken, alle Halsketten und alle hochherrschaftlichen Fensterscheiben vibrierten. In ihren wogenden Busen spürten die drei Grafentöchter, dass kein Entzücken der Welt das augenblicklich genossene jemals übertreffen werde. Froidisse ließ sich sogar dazu hinreißen, Vladimir aufs rechte Ohr zu küssen, während Vladimir von einem jähen Blitz der Erkenntnis bis ins tiefste Mark erhellt wurde. Dies kam aber nicht von dem Kuss, sondern er wusste abrupt mit niemals mehr zu erschütternder Sicherheit, dass er seinem Hofnarrendasein Adieu sagen werde, um in der Welt der Musik das Klavierspiel zu erlernen.

Auch Giulini wollte nicht mehr zaudern. Mit seinem Bündel würde er sich bereits am darauffolgenden Tag auf die Reise nach Mailand begeben.

Der Graf hatte keine umwälzenden Gedanken. Er spürte nur eine leichte Erhitzung seines Blutes, was aber sehr viel bedeutete, zumal sein Puls sich ansonsten nur beim Anblick seiner Rassepferde beschleunigte.

Vater Leopold war als nüchterner Profi mit dem Verlauf des Abends zufrieden, hatte doch auch das Nannerl schwierigste Gesangspassagen mühelos gemeistert. Von Wolferl war er uneingeschränkt überzeugt.

Von dem werde die Welt noch reden, wenn alle Adligen von den Stürmen der Zeit hinweggefegt, längst hinweggefegt wären.
Und Wolferl? Den freute das hübsche Instrument, das zu seinen Ehren gestimmt worden war. Während er hin und wieder zu den lebensdrallen Grafentöchtern schielte, spürte er, dass seine wahrhaft große Zeit erst beginnen würde, wenn die lästige Pubertät hinter ihm lag. Als er Vantage in die Augen schaute, versuchte er es probehalber mit Zwinkern, was jedoch zu keinerlei Reaktion führte. Da auch er, ebenso wie sein Vater, ein vollendeter Profi war, fiel niemandem im Saal auf, dass er ab diesem Zeitpunkt ein wenig melancholischer in die Tasten griff.
Und wir? Wir bedauern nur, dass es von diesem Abend keine Videoaufzeichnung gibt, da die Anlage des Grafen just in diesen Tagen defekt war. Aber wir haben schließlich, neben der unvergänglichen Musik, Gold- und Silbermünzen, von denen uns ein älterer Mozart schelmisch entgegenzwinkert. Und wie warm es da vielen Damen um die Beine wird!

Spaziergang

Er atmete tief und hörbar ein. Langsam beugte er sich nach vorn, schob den schweren Stein von seinem rechten Fuß, zog den Schuh aus, entfernte vorsichtig den Socken und tastete Zehe für Zehe nach Verletzungen ab. Er konnte sich nicht erklären, wie dieser Stein auf seinen Fuß gefallen war. Dem Schmerz nach zu urteilen, musste er sich etwas gebrochen haben. Von der Höhe des Mittelfußknochens lief ein dünner Faden Blut über den Ansatz des kleinen Zehs. Bei genauerem Hinsehen bemerkte er, dass dieser Zeh nur noch an einigen fleischigen Fasern hing. Fühlen konnte er nichts, der Schock hielt an. Sollte er ihn einfach wegschnippen, bevor sein Adrenalinschub nachließ? Der kleine Zeh, war er wirklich so wichtig? Mit einem unbekümmerten Übermut stieß er seinen Fuß rasch nach vorne und vollführte eine abrupte Bewegung nach unten. Weg war er, der kleine Zeh! Plötzlich wurde ihm bewusst, am rechten Fuß keinen kleinen Zeh mehr zu haben. Er bemitleidete sich ein wenig, hatte er doch gehört, dass man in Frankreich einem Mann sogar zwei Hände wieder angenäht hatte. Aber es war zu spät. Blitzschnell hatte eine riesige schwarze Dogge, wie aus dem Nichts auftauchend, dieses knorpelige, nahezu körperwarme Fleischstückchen von der Grasnarbe aufgeschleckt und ohne Kaureflexe hinuntergeschluckt. Das muskulöse Tier drehte sich um seine Achse und jagte hinter einem Fußgänger her, der diesem Vorgang keinerlei Beachtung geschenkt hatte.

Nun schoss ihm ein stechender Schmerz vom Fuß hoch bis zur Leiste. Sein Körper schien in Flammen zu stehen, sein Mund war trocken, und mit den Augen verfolgte er das dahineilende Tier, das sein Herrchen längst überholt hatte und ständig aufs Neue umtänzelnd unterhielt. Der Fußgänger bückte sich, hob etwas auf und täuschte verschiedene Wurfrichtungen an. Es mochte ein Stein oder auch ein kleiner Ast sein. Auf diese Entfernung war das nicht genau auszumachen, zumal ihm dieses Bild bereits ein wenig verschwamm. Er schaute auf das Gras und ließ sich rasch auf den Boden gleiten. Genauer gesagt war es weniger ein Gleiten als ein in sich Zusammenstürzen, und für einen Beobachter mochte es den Anschein haben, als sei er von einem Blitz gefällt worden.

Vorsichtig streckte er sein Bein aus und bemühte sich, mit dem nackten mittlerweile blutüberströmten Fuß nirgends anzustoßen. Für einige Augenblicke fühlte er sich gerettet, das Liegen im weichen Gras verschaffte ihm ein angenehmes Gefühl des Wohlbefindens. Ganz in seiner Nähe lag der Socken, den er mit einer raschen Bewegung abgestreift hatte, als er

dem Schmerz auf den Grund gehen wollte. Er zog ihn zu sich und stopfte ihn in die Hosentasche. Den Schuh würde er während des Rückwegs
in der Hand halten.

Diesen Spaziergang hatte er sich anders vorgestellt und mit solch einer
Verletzung nicht gerechnet. Er wollte noch ein wenig ausruhen, um anschließend zu seiner Wohnung zurückzuhumpeln. Er würde seinen
Hausarzt verständigen, der während der Arbeitswoche bis gegen neun-
zehn Uhr erreichbar war.

Die Schmerzen ließen nach, er setzte sich vorsichtig auf, stützte die
Hände in das Gras und stemmte sich mit dem linken Bein in die Höhe.
Er stand noch nicht aufrecht, als er einen stumpfen Schlag im Rücken
spürte und nach vorne auf das Gesicht fiel. Den Kopf in die Richtung
drehend, aus der er ein heftiges Schnaufen vernahm, sah er die Zähne
der Dogge wie in Zeitlupe auf sich zuschwimmen, roch den rasselnden
Hundeatem und spürte die nassschlierige Schnauze am Ohr, als sich die
Zähne in seinen Hals gruben.

Penelope

Meinem Haus fehlt das Dach. Ungehindert können Sonne und Regen
ihr Zerstörungswerk aufführen. Sie nähren das Unkraut, das aus jeder
Ritze meines Palastes wuchert, brauchbar allein, um sich die Sandalen
sauber zu wischen, wenn man im Hof in weiche Pferdeäpfel oder damp-
fende Kuhfladen getreten ist. Natürlich immer in Gedanken, warum das
Schicksal es zulässt, dass mein Eheweib mit jedem Freier ins Bett steigt.
Dass mein Sohn Telemach, anstatt seinem Vater beizustehen, mit gieri-
gen Ohren, staunenden Augen und bebendem Mund den ausgemergelten
Liebhabern seiner Mutter unerhörte Lustgeschichten durchgeilter Nächte
abfordert. Und wie willig diese über alle Maßen Befriedigten die Poin-
ten des ehebrecherischen Aktes auf ihrer Zunge zergehen lassen! Scham-
los die Kunde, dass sie sich sogar gruppenweise abwechseln, mein allein
mir zustehendes Recht ständig aufs neue zu besudeln.
Aber ich kann und darf die Augen davor nicht verschließen. Es ist die
mir auferlegte Strafe für das jahrelange Fernbleiben von Weib und Kind.
Was hat mir Penelope entgegengeschleudert, als sie nach tausenden von
Tagen meinen gealterten Körper kraftlos vor sich stehen sah?
Was denkst du? Soll ich auf Ithaka vertrocknen, während du dich in der
mondänen Welt des Kampfes und der Liebe um fremde Weiber küm-
merst, ihnen wie ein Hündchen hinterher hechelst, selbst auf die Gefahr
hin, in ein Schwein verwandelt zu werden? In den ersten Jahren lag ich
nächtelang wach, bei aller Dunkelheit von den farbigsten Irrbildern
heimgesucht. Glaube nur nicht, ich hätte die üppigen Arme nicht gesehen, die sich zärtlich um deinen Nacken legten, hätte nicht gehört, mit
welchen schmeichlerischen Versprechungen man dich auf vielerlei La-
gerstätten zog. Und wie gering die Tatsache unserer Ehe war! Sie schien
für dich überhaupt nicht zu existieren. Als ich mir dessen bewusst wurde, nahm ich jedes Angebot zwischen die Beine. Und ich genoss die Be-
stellung meines Gartens, wobei ich deutlich fühlte, dass auch du nicht an
Entbehrungen littest.
Mit diesen Worten ließ sie mich stehen, mich, der ich eine völlig andere
Begrüßung erwartet hatte!
Im heruntergekommenen Audienzsaal becherten die Freier und grölten
obszöne Spottlieder. Ich hätte sie allesamt mit meinen Pfeilen durchboh-
ren mögen, aber meine Kraft reichte nicht mehr aus, den schweren Bo-
gen zu heben, geschweige denn, ihn zu spannen. So schlich ich mich
davon wie ein geprügelter Hund und flehte die Götter an um Gerechtig-
keit.

Doch die Unsterblichen bleiben stumm, und ich kann froh sein, in meinem eigenen Palast geduldet zu werden.

Hin und wieder sucht mich einer der Freier auf, des Lärmens, der Völlerei und der ekstatischen Lust müde, um mir einen halbabgenagten Knochen zuzustecken oder mich an einem Becher abgestandenen Weines nippen zu lassen. Weißt du, Odysseus, raunt er mir zu, Liebe ist das nicht, was sich im Schlafgemach abspielt, es ist die Wut auf das Schicksal, das uns an Frauen wie Penelope kettet.

Während er wieder zurücktorkelt, zerreißt Penelopes Bild in meinem Herzen und fällt mir tief bis in die Magengrube.

Über die Pflicht

Stehen wir nicht auf sachte versinkenden Kähnen, deren Ruder in den hellblauen Nachmittag ragen, während fast jeder von uns eine aufgeschlagene Broschüre mit bunten Bildchen in den Händen hält?

Unsere Füße, ordentlich besockt und in Schuhen vergraben, sind bereits wasserumspült. Auszuharren mit ernster Miene, lautet die uns gestellte Aufgabe. Wir können nicht ewig leben, nur das Ende erwarten in gleichförmiger Ruhe. In unseren Gesichtern keine Freude.

Siehst du in der Broschüre nicht dein Haus, das du dir in langen Arbeitsjahren abgebuckelt hast? Oder du, auf dem nahebei versinkenden Kahn. Glaubst du wirklich, dass deine beiden abgebildeten Kinder, tennis- und ballettgestärkt, es einmal besser haben werden? Wenn du aufschaust und mit der Hand die Augen vor dem gleißenden Sonnenlicht schützt, siehst du sie weit draußen auf dem See. Auch sie mit den Knöcheln bereits im Wasser, Broschüren haltend.

Noch erfreut der Hochglanz unser Herz. Da hat es der Weißhaarige, wenige Meter von mir entfernt, wesentlich ungemütlicher. Er muss den Kopf nach oben recken, damit das Wasser ihm nicht in den Mund läuft. Sein flehender Blick dringt tief ins teilnahmslose Hellblau. Dass auch er einmal eine bunte Broschüre besaß, hat dieser Mann längst vergessen. Nur das Ausharren ist ihm noch geblieben.

Mit einer imaginären Pflicht, die sich jeder Einzelne von uns erklären kann, warten wir auf die Kälte des Wassers, das unser Herz erfrieren lässt.

Platzangst

Um seine Angst vor dem Überqueren großer Plätze in den Griff zu bekommen, verfiel Herr Bach auf die Idee Rad zu fahren. Konnte zuvor schon allein das Überschreiten eines belebten Fahrdammes Unruhe, ja selbst Angst und Zittern in ihm hervorrufen, so lernte er bald, sich auf dem Rad mit überraschender Sicherheit über große Plätze zu bewegen. Allerdings benutzte er zunächst ein Dreirad für Senioren, da das Balancieren auf dem schwankenden Zweirad leicht Angst und Aufregung hervorruft. Denn man kann wohl zu schnell, nie aber zu langsam fahren. Herr Bach befolgte zudem den Ratschlag, während der Fahrt seine Nerven nicht mit alkoholischen Getränken zu malträtieren. Die geeignetste Fahrzeit, namentlich im Sommer, waren für ihn die ersten Morgenstunden. Abendfahrten konnten ihm wegen der verstärkten Blutbewegung leicht einen unruhigen Schlaf bereiten. Nachdem er dies erkannt hatte, legte er sich also recht zeitig ins Bett und stand so früh auf, dass er nach der Übung, die zu Beginn etwa eine halbe Stunde bis Stunde dauern konnte, vor seinem Gang ins Büro noch Zeit für ein halbes Stündchen Ruhe auf dem Sofa übrig hatte.

Stottern

Als junger Mann stotterte Herr Blüte. Er war geistig und körperlich gut entwickelt und seine Eltern und Großeltern stotterten nicht. Herr Blüte stotterte von Jugend auf fast immer gleich stark. Die Ursache ist unbekannt. Das Stottern war zeitweise unterschiedlich, im Allgemeinen aber nicht bedeutend. Er stotterte besonders, wenn er gerade nicht stottern sollte, z.B. in der Schule, vor den anderen Kindern oder vor fremden Leuten. Grüßte Herr Blüte jemanden, so konnte er ganz gut reden, sobald er nicht daran dachte, dachte er aber daran, dass er jetzt grüßen musste, so stotterte er. Es war beim Sprechen und Lesen fast auch stets das Gleiche. Herr Blüte stotterte immer mehr, wenn er ans Stottern dachte oder dachte, dass er sprechen oder lesen müsse. So war es auch während seiner Bundeswehrzeit, wo ihn stets der Moment ängstigte, wenn beim Nummerieren die Reihe an ihn kam, und er konnte dann seine Nummer nicht sagen. Wenn zwei M oder zwei L nacheinander folgten, fiel ihm ein flüssigeres Sprechen leichter, trank er aber Wein, Bier oder gar Schnaps, so stotterte er stets mehr. Vor Bekannten stotterte Herr Blüte in der Regel weniger. Bei ihm vorgelegten Leseproben kamen auf 90 Worte nur zwei stotternde, das entspricht etwa 2,2%. Als Herr Blüte einmal beim Vorlesen aber gar nicht mehr weiter konnte, hatte er den Einfall, sich einen Vollbart wachsen zu lassen. Dank der umgehenden Ausführung verlor er bereits nach wenigen Wochen das Stottern. An anderer Stelle lesen wir, wie Herr Blüte den Vollbart überwand.

Vollbart

Herr Blüte trug als junger Mann nach seinem Stottern jahrelang einen Vollbart. Er hätte ein gewisses Gefühl der Scham empfunden, wäre sein Gesicht zu jener Zeit rasiert gewesen. Und dieses Gefühl hatte seine Begründung. Als Vollbartträger wusste oder fühlte Herr Blüte instinktmäßig, dass er durch seine Gesichtsbekleidung manchen geheimen Gedanken, der sich bei einem glattrasierten Gesicht, besonders um die feineren Züge um die Mundwinkel, zu verraten pflegt, leicht verbergen konnte. Wäre zu dieser Zeit der schützende Pelz des Bartes nicht vorhanden gewesen, wäre Herr Blüte darüber hinaus dem Gefühl der Blöße und der Nacktheit anheim gefallen. Als er jedoch herausfand, dass seine feineren Züge unter einem Vollbart nicht nur verkümmerten, sondern auch das feinere Mienenspiel seiner unteren Gesichtsteile nahezu vollständig verloren ging, entschloss er sich zur Rasur. Mit einem Male zeigte sich Herrn Blütes Gesicht nackt und der Schutz war wie weggeblasen. Ein gewisses ungewohntes Kältegefühl verstärkte die Empfindung des Ausgesetztseins. Aber nun stand sein Gesicht gleichsam direkt an der Front. Da das Mienenspiel auf Wirkung und Gegenwirkung beruht, wurde sein Gesicht, wie Herr Blüte bei jeder Unterhaltung wahrnehmen konnte, zugleich ein Reflektor der Mienen seines Gegenübers. Seltsamerweise verfiel Herr Blüte nach Abnahme des Vollbartes nicht wieder ins Stottern.

Avantgarde

Der bisher nur regional bekannte Komponist und Dirigent Molotow, nicht zu verwechseln mit einem gleichnamigen politisch orientierten Namensvetter, wird mit seiner sensationellen neuen Komposition „Menschenfreund" bei den diesjährigen Festspielen in Bayreuth vertreten sein. Dieser Beitrag läuft außerhalb des offiziellen Programms. Das 120-Mann starke Orchester von wagnerschen Ausmaßen verfügt über eine fraglos ungewöhnliche und in jedem Wortsinn unerhörte Instrumentierung. Sie umfasst Waffen aus verschiedenen Epochen. Man darf gespannt sein. Welchen Platz wird beispielsweise das beständige Sirren der Morgensterne an der Kette gegenüber dem Fortissimo der Kalaschnikows sowie der Maschinengewehre westlicher Prägung einnehmen? Kritiker rechnen damit, dass das trockene Schnalzen der langen Lederpeitschen, die bereits seit Jahrhunderten ihren festen Platz im Reigen wirkungsvoller Instrumente behaupten, besonders im Pianissimo die Gemüter in den ersten drei Reihen anrühren wird. Dezentes Crescendo mit Schwerterklirren und Säbelwetzen in der Ouvertüre kündigt bereits die Detonationen der Splitterbomben im ersten Akt an. Man erwartet ehrfürchtiges Erstaunen und Totenstille im Auditorium, wenn Granatwerfer und Panzerfäuste ihren mitreißenden Einsatz beendet haben. Variationen finalen Lächelns, in denen sich erhöhte Aufmerksamkeit und stille Begeisterung spiegeln, finden sich sicherlich auf vielen Premierengesichtern.

Heringe

Sie sind auf der Suche nach Ruhe und Geborgenheit: neun Heringe. Türkisfarbenes Wasser soll es sein. Wenn sie auftauchen, wollen sie Palmen sehen, die Zweige leicht bewegt im Wind. Angenehme Temperaturen spüren. Im Wasser, in der Luft. Nun behaupte niemand, dass sich Heringe lediglich in kaltem Wasser wohlfühlen. Dank ihrer Sehnsucht nehmen sie auch Unannehmlichkeiten in kauf. Einer starrt erschrocken in den Lauf eines Gewehrs. Der dazu gehörende Soldat hat den rechten Zeigefinger am Abzug. Ein anderer schwimmt durch einen sehr gut besetzten Konzertsaal. Tschaikowsky, Klavierkonzert No.1. Alle Blicke sind auf ihn gerichtet, doch er fühlt sich sicher. Einem dritten geht es nicht schnell genug, er flosst sich ein Taxi. Nummer vier bis sechs durchqueren Himbeeren, frisch aufgetaut. Die übrigen drei befinden sich in der Luft. Sie reisen sehr bequem. Weit unter ihnen spritzt Napalm nach rechts, nach links. Mehrere Menschen schauen aus scheinbar sicherer Entfernung auf dieses Inferno. Doch die Heringe lassen sich nicht täuschen. In dem gleißenden Auseinanderspritzen der Glut vermuten sie weitere Menschen, nun weder Fisch noch Fleisch. Der Soldat krümmt den Zeigefinger. Acht Heringe erreichen das türkisfarbene Wasser, die Palmen im milden Wind. Hinter verschlossenen Türen tagen Politiker. Aber das sagt man nur so hin. Die Türen werden ständig geöffnet und Bedienstete servieren Kaffee, Mineralwasser und Kanapees. Die Politiker erhöhen Truppenkontingente und essen Eis mit heißen Himbeeren. Der eine oder andere von ihnen wundert sich über den Fischgeschmack auf seiner Zunge. Acht von neun Heringen sind nun in Sicherheit. Das ist ein guter Schnitt in einer nahezu friedlichen Geschichte. Bis zum nächsten Hai.

Befindlichkeit

Man kann hier nicht leben. Die Mieten sind unerhört, das Älterwerden mündet in die Vaterschaft, und es mehren sich die glühenden Verteidiger der Marserforschung. Hülsbrot arbeitet als Hygieneforscher. Alkohol ist für ihn ein sehr menschliches Erlebnis und Dauersprechen der stimmigste Ausdruck. Der Orgasmus steht bei ihm an siebter Stelle. Hinter Kopfschmerz, Nackenschmerz, Schulterschmerz, Brustschmerz, Kreuzschmerz und Wadenkrämpfen. Wenn die Sonne durchbricht und die Wolken wandern, hellt sich seine düstere Stimmung auf, und er sieht Wolkenkratzer. Dann denkt er an die von ihm erfundene Lügenmaschine, mit der er manchmal in direkten Wettbewerb tritt. Genau betrachtet, ist sie konkurrenzlos, da sie mit sämtlichen Lügen aller bekannten Sprachen programmiert und darüber hinaus mit einem Zufallsgenerator versehen ist, der den Begriff Wahrheit nicht kennt. Niederschmetternde Möglichkeiten von Stimm- und Bedeutungsbetäubungen. Eindringlich und somit unmissverständlich die Appelle von Militär, Politik sowie religiösen Verbindungen jeglicher Couleur an Hülsbrot, ihnen seine Maschine zur Verfügung zu stellen.

Regierungswechsel

Es regnet. Schaut man nach oben, ist kein Ende abzusehen. Herr Hemmerling sitzt auf seiner Terrasse unter der Pergola und döst. Inzwischen ist eine andere Partei stark geworden. In den Straßen wird geschossen. Gewehre und Pistolen, vereinzelt Maschinengewehrsalven. Patronenhülsen auf dem Asphalt. An den Straßenkreuzungen werden Panzer stationiert. Eine grüne Schmeißfliege umschwirrt den Verdauungsschlaf von Herrn Hemmerling und landet auf einem Bügel seiner verrutschten Nickelbrille. Sie trippelt über ein Augenlid, dann über den Nasenrücken hinunter zum Kinn. Als sie die Lippen überquert, atmet Herr Hemmerling hörbar aus. Von Gewehrkugeln getroffen, bricht ein Mann zusammen. Dann eine Frau. Anschließend wieder ein Mann. Ohne Laut. Man duckt sich hinter Mauern, und Hauseingänge werden zum Schutz aufgesucht. Regenwasser, hin und wieder leicht verfärbt, gluckert in die Gullis. Im Halbschlaf bewegt Herr Hemmerling den rechten Arm. Er erwacht und schlägt gezielt zu. Eine tote grüne Fliege auf seinem Unterarm. Die Regierung hat gewechselt.

Demonstration

Die Eisenkappen der Lederschuhe betrachten wir nicht als Verzierung. Doch zunächst beweisen wir gemeinschaftliches Wollen bei einem Gruppenfoto. Wir bemühen uns um Zuversicht und versuchen, diese auch auszustrahlen. Zur Bestärkung unserer Absichten stützen wir die Hände in die Hüften. Sonnenstrahlen wandern über unsere Gesichter. Wir sind sehr früh aufgestanden. Mit verschwitzter Haut aus vertrauter Bettenwärme. Manche von uns tragen Mäntel. Bevor wir losziehen, bilden sich Schlangen vor den WCs. In Kachelakustik singen wir uns ein, üben das Einander-an-den-Händen-Halten, das überraschende Auseinanderspritzen. Noch sind die Schlafsäcke eingerollt. Ebenso wie die Fahnen. Probeweise heben wir Steine auf. Glasflaschen werden gefüllt, Stofffetzen mit Benzin getränkt. Plötzlich schert einer aus, auf den wir gezählt hatten. Die Augen zusammengekniffen, die Lippen verpresst. Wie endgültig abweisend ein Mund sein kann!

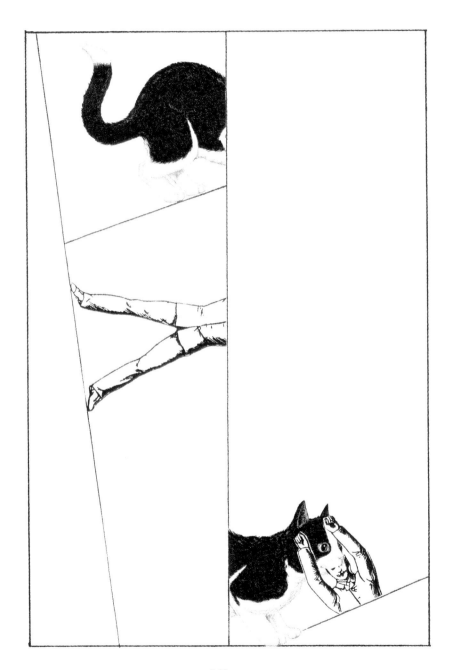

Tölpel

Herr Blume ist ein Tölpel, da er es nicht versteht, sich in der guten Gesellschaft beliebt zu machen. Er besitzt nicht die Gabe, bei den verschiedensten Anlässen, gebildet und gewählt im Ausdruck, unterhaltend und interessant zu plaudern, sich witzig und geistreich als gewandter Erzähler darzustellen. Es ist peinlich, ja geradezu beschämend, wenn Herr Blume zu einer Gesellschaft stößt und nicht weiß, worüber er mit der Dame, der er vorgestellt wird, sprechen könnte oder worüber er mit seinem Nachbarn diskutieren soll. Es treten dann jene unwürdigen Zwischenfälle ein, in welchen die Unterhaltung stockt und bei denen er sich weit weg wünscht, denn er fühlt nur zu deutlich, dass er seiner Partnerin oder seinem Partner im Gespräch nicht gewachsen ist. Auch die Damen wenden sich von ihm ab, denn sie schwärmen nur für einen flotten Gesellschafter, der recht nett und amüsant zu plaudern versteht und durch witzige Einfälle und humoristische Bemerkungen die Unterhaltung würzt und für Heiterkeit und Fröhlichkeit sorgt. Zudem hat Herr Blume längst begriffen, wie unentbehrlich die Kunst, die rechten Worte zur rechten Zeit zu finden, erst im Geschäftsleben ist! Niemals wird man Erfolg bei einem Engagement haben, wenn man es nicht versteht, dem neuen Chef beim Vorstellungsgespräch seine Vorzüge und Eigenschaften, sein Wissen und Können in überzeugender Art und im besten Licht vor Augen zu führen. Und so ergeht es Herrn Blume. Bereits die ersten Sätze im Gespräch wählt er ungeschickt, erregt Anstoß und hat den guten Eindruck, den er vielleicht durch seine Person gemacht hat, sofort wieder verwischt. Wäre Herr Blume gewandter, könnte er durchaus, dank einer effektiveren Beredsamkeit, Kunden veranlassen, mehr zu kaufen, als in ihrer Absicht lag. Dadurch aber könnte er den Umsatz im Geschäft steigern und würde sich unentbehrlich machen. Seinem Chef bliebe diese Fähigkeit nicht verborgen und der Lohn für seine überzeugende Beredsamkeit wäre eine Gehaltsaufbesserung. So würde Herr Blume von Stufe zu Stufe steigen, bis er eine eigene Existenz begründen könnte. Aber Herr Blume ist ein Tölpel, der die Kunst, den anderen für die eigene Meinung zu gewinnen, ohne Anstoß zu erregen, nicht beherrscht und dem die Gabe, gut plaudern zu können, nicht gegeben ist.

Frösche

Bauer Grulleaux schießt bei der Arbeit gern auf Frösche, die in seinen Feldern hüpfen. Aber nie trifft er einen. Sie quaken ihn aus und verstecken sich in einem riesigen Grasberg, den Grulleaux im Verlauf mehrerer Wochen mit einem Holzrechen aufgehäufelt hat.

An einem blauen Augustmorgen zittern die Felder, und über das Gras wälzt sich eine Kolonne von 110 Panzern. Mit der Hand an der Stirn späht Grulleaux zum Himmel. Einige Federwolken, aber keine Bomber. Da rücken auf Fahrrädern drei Dorfgendarmen an. Sie öffnen ihre Münder, sagen aber nichts.

Die Frösche hüpfen auf die Panzerketten und werden in das Gras gestampft. Der Boden quakt aus. Bauer Grulleaux betrachtet sein Gewehr. Er wird einen Teich für die überlebenden Frösche anlegen.

Bis die Dorfglocke zum Mittagessen ruft, sind die 110 Panzer vorübergerasselt.

Sua Santa

Musketen und Hellebarden. Felsen und steinige Pfade, abschüssiges Gelände. Man trägt Seine Heiligkeit ganz nah ans Gemetzel. Nicht zu nah. Sua Santa darf keiner Gefahr ausgesetzt werden. In einer hölzernen Sänfte, mit Stangen an den Sätteln von zwei Pferden befestigt. Edle Pferdegesichter, verschlagene Menschenantlitze. Die eine Partei segnet der Papst, der anderen verweigert er jegliche Gewährung göttlichen Beistands. Sua Santa weiß auf alles schon die richtige Antwort. Er streckt beide Hände segnend aus. Ergriffen stumm die Soldaten. Es wird keine Körperstelle geben, die verschont bleibt.

„Schuld daran ist der Kaiser, er war betrunken!" sagt ein Soldat. „Er war nicht betrunken", sagt ein anderer. „Er hat Macht und sieht gut aus. Der kann sich alles erlauben. Vielleicht verliert er die Schlacht, aber niemals seine Haltung."

Waffengeklirr, wenn die Lanzen aneinander schlagen, wenn Körper mit Schilden abgedeckt werden, wenn Äxte in Helme knirschen. Ein Hauen und Stechen. Fahnenbewehrt und buntwimpelig. Einige tragen Röhrenhüte, ihre Musketen glänzen mit Silberbeschlägen. Sie atmen keinen Pulverdampf und wagen sich nicht auf das Schlachtfeld hinaus. Sie leben weiter ohne abrupte Öffnungen des Leibes und sind zuständig für Befehl und Motivation. Gottes Werk ist das nicht! Blut und Schmutz, die Propheten des Eiters. Hier versammeln sich Todgeweihte, dort werden Nachrufe verfasst.

Bald ist es Mittag. Die Sonne steht am höchsten und jeder Kämpfende wünscht sich eine Hafersuppe. Nur Sua Santa ordert freitags gezwungenermaßen Fisch. Manchmal ist er gutmütig, spricht aber nur mangelhaft Italienisch. Seine Kinder sprechen einige Brocken chinesisch, vielleicht von der Mutter her. Er liebt es, seine Stirn mit kalten Tüchern umwickeln zu lassen. Nun rubbelt ihm einer den Rücken, knetet ihm den Nacken, salbt ihm die Handgelenke mit kostbaren Ölen und bemalt ihm die Fußnägel mit Szenerien aus der Schlacht. Winzige Szenen, die Sua Santa schnell mit den zehn Geboten durchkonjugiert. Aber legt er Wert auf ihre Befolgung? Nun kommt schon bald die Dämmerung. Das Waffengeklirr sammelt Pausen, seine Heiligkeit wirft einen letzten wütenden Blick auf Flüchtende aus der gesegneten Partei, Wein färbt sich dunkler, die Schatten von Sua Santas segnenden Händen sehen aus wie Hasenköpfe aus dem Playboy, Jahrhunderte später.

Mundatmung

Das stete Offenhalten des Mundes verleiht Herrn Wald einen blöden Ausdruck. Dadurch erscheint er als wenig gescheit und wird in seinem Auftreten aufs Äußerste beeinträchtigt. Die Ursache dieser Eigentümlichkeit sowie des daraus folgenden Schniefens liegt in einer Behinderung seiner Nasenatmung, mag diese nun in einem chronischen Schnupfen, in geschwollenen Mandeln, Anschwellungen der Schleimhaut oder in einem anderen Übel liegen. Die Folgen dieser abnormen Zustände sind schwerer, als Herr Wald bisher glaubte. Er gelangt eigentlich niemals zu einem erquickenden Schlaf, wacht morgens träge und müde auf und ist tagsüber von einem träumerischen, schlaffen und trägen Wesen. Seine Sprache ist tonlos, nasalierte Vokale kann er nicht aussprechen. Sein geistiges Vermögen ist in der Regel im höchsten Grade geschwächt und sogar sein Charakter verändert sich. Sein Denkvermögen ist benommen und auffallende Flüchtigkeiten stellen sich ein. Manchmal bemerkt er ungewöhnliche Empfindungen, die sich in den Kopf verlegen. Dann beherrscht ihn ein unbestimmtes Gefühl von Druck und Schwere in den oberen und hinteren Teilen des Schädels, das sich bis zu intensivem Kopfschmerz steigern kann.

Bereits als Kind kam Herr Wald in der Schule nicht weiter, wurde meistens nach hinten gesetzt und benötigte in jeder Klasse für Aufgaben mehr Zeit, als planmäßig dafür vorgesehen war. Oft verließ er die Schule bleich und mit Kopfschmerzen, hatte das Bedürfnis sich niederzulegen, war aber am nächsten Tage erneut so weit, den Unterricht wieder besuchen zu können. Die Ferien verbrachte er auf dem Lande oder in Bädern, wo er keine solchen Anfälle bekam. Nach Hause zurückgekehrt stellte sich das alte Übel aber umgehend wieder ein. Es hieß dann gewöhnlich: „Das Kind kann die Schulluft nicht vertragen!"

Als Erwachsener ist Herr Wald nun nicht imstande, für eine längere Zeit seine Gedanken auf einen Gegenstand zu konzentrieren. Er fängt bald diese, bald jene Arbeit an und, noch bevor er eine von beiden beendet hat, beschäftigt er sich mit einer dritten. Wie bei der Arbeit, so zeigt sich Herr Wald auch in der Unterhaltung. Er führt ein Gespräch, das von ihm angeregt und sogar für ihn von Interesse ist. Man ist mitten im Thema und sein Gegenüber ist gerade dabei, ihm seine Ansicht oder Erklärung vorzustellen, da schenkt Herr Wald den Ausführungen schon keine Aufmerksamkeit mehr und wirft bereits eine neue Frage auf über einen neuen Gegenstand, der meist nicht im Entferntesten mit der vorangegangenen Unterhaltung zusammenhängt.

Herr Wald hat sich nun vorgenommen, sein Mundatmen unter allen Umständen auf dem Wege der Selbsterziehung zu bekämpfen. Schon der Philosoph Kant hat das Nasenatmen empfohlen und streng an sich durchgeführt. Herr Wald verspricht sich von der Abgewöhnung des Mundatmens geistig kräftiger und freier von Schmerz, Leiden und Verstimmungen zu sein, sich also geradezu einen neuen Lebensgenuss zu verschaffen.

Friedenstauben

Übermüdet taumeln sie ständig in der Luft, denn sie können keine Rast halten zwischen Mord und Totschlag. Sie scheinen zur Hilfe ausgestreckte offene Hände zu sein. Der schlanke Hals mit wachem Köpfchen als Daumen, das Gefieder die übrigen vier Finger, der hin- und hergehetzte Körper als Handballen. Halten sie im willigen Schnabel nicht winzige Botschaften, die ihnen durch die Wolken zugeschoben wurden? Unsere Fernsehgeräte sind schon lange mit Stacheldraht umwunden, und die Friedenstauben, die verzweifelt zu Abertausenden den Kriegen entkommen, lassen eine Vielzahl ihrer Federn im Drahtverhau. Erschöpft landen sie schließlich in unseren Schößen. Erschrocken streicheln wir die blutverspritzten Gefieder, spüren die kleinen Herzen ängstlich hämmern. Bis uns die Gier nach Taubenfleisch überfällt. Von der Couchgarnitur im Fernsehraum bis zur Küche ist der Weg nicht weit.
Dem einen oder andern von uns hängt noch eine Feder im Haar.

Nägelkauen

Herr Wiese war ein starker Nägelkauer. Durch das Nägelkauen wurde bei ihm eine Verunstaltung und Verstümmelung der vordersten Fingerglieder hervorgerufen. Diese, ihres Schutzes und Haltes beraubt, verkürzten in auffallender Weise und gingen in die Breite, sodass sie keulenförmig oder klobig anschwollen. Die oft bis ins Nagelbett abgekauten Finger gewährten dann einen höchst widerwärtigen Anblick, der empfindsame Personen förmlich zurückschaudern ließ. Für Herrn Wiese selbst erwuchs daraus auch der Schaden, dass die Tastnerven seiner Finger gerade an der wichtigsten Stelle abstumpften, und sie daher für sogenannte Präzisionsarbeiten, bei denen ein gut entwickeltes Tastgefühl der Fingerspitzen für die Sicherheit und beim Arbeiten unbedingt erforderlich ist, nicht mehr recht zu gebrauchen waren. Es mochte wohl auch die durch anhaltendes Kauen sich in den Fingerspitzen allmählich entwickelnde Reizbarkeit gewesen sein, welche immer wieder zu dieser hässlichen Angelegenheit anregte. In die beim Beißen und Kauen leicht entstehenden Risswunden an den Fingern drang auch oft Speichel oder Schmutz von den Fingern oder dem unteren Nagelrand, welcher zur Entzündung und Eiterung Anlass gab und bisweilen eine langwierige und schmerzhafte Behandlung erforderte. Gelangten Schmutz oder Krankheitserreger in den Magen, so riefen diese leichtere oder schwerere Verdauungsstörungen bei ihm hervor, während verschluckte, spitze Nagelstückchen sogar Verletzungen der zarten Hals- und Magenschleimhaut auslösten. Schließlich entschied Herr Wiese sich, das Nägelkauen zu bekämpfen. Auf Rat seines Arztes nahm er täglich nach dem Waschen eine Einpinselung sämtlicher Fingerspitzen mit einer Mischung aus der Apotheke vor. Herr Wiese erhielt Quassiatinktur, Aloetinktur und Bernsteinöl. Der eklige, bittere Geschmack dieser Mischung hatte so viel Abschreckendes für seine Geschmacksorgane, dass er auf Dauer dem Nägelkauen nicht mehr nachgab.

Erröten

Herr Berg errötet häufig in Gesellschaft von einigen oder sogar eines einzigen Menschen, mit Ausnahme von Personen, die ihm sehr nahe stehen. Hierbei ist noch anzuführen, dass ihn hohe Außentemperaturen zum Erröten geneigter machen, während Kälte eine abschwächende Wirkung hervorruft. Besonders unangenehm ist es ihm, in großer Gesellschaft am Tisch zu sitzen, wo kein Verbergen möglich ist. Gewöhnlich wird er zuerst von der Furcht befallen, dass er sogleich errötet. Das hält so lange an, bis Herr Berg wirklich rot geworden ist. Dabei strömt das Blut derart zum Gesicht, dass es glüht. Dieser Blutandrang, der sich auf das Gesicht und die Ohren beschränkt, erreicht einen äußerst hohen Grad und wird von Hitze und Spannung begleitet. Diese Erscheinung lässt Herr Berg nicht als Resultat einer einfachen Befangenheit gelten, denn so lange er nicht an das Erröten denkt, bleibt es aus. Hat sich dagegen der Gedanke an dasselbe in Gesellschaft bei ihm eingestellt, so vermag er es schon nicht mehr zu unterdrücken. Ist die Beleuchtung in der Gesellschaft derart, dass sein etwaiges Erröten nur schwer bemerkbar wäre, am Abend im Freien oder auch in einem abgedunkelten Raum, so errötet er nicht. Herr Berg kann dann vollkommen frei vortreten, denn er weiß, dass er nicht errötet. Selten trifft es sich, dass er in Gesellschaft seine unglückliche Eigenschaft vergisst, sodann zu sprechen und zu agieren beginnt, dadurch selbstverständlich die Aufmerksamkeit der Umgebung weckt und dabei aber doch nicht errötet. Sobald er aber an das Erröten denkt, bleibt es nicht aus. Ein Ankämpfen ist naturgemäß nutzlos. Aufgrund dieser möglichen Peinlichkeit hat Herr Berg damit begonnen, die Menschen zu meiden, und er denkt vor Verzweiflung oft daran, alles mit einem Schlag zu beenden. Er meint das aufrichtig, denn er ist zum Äußersten fähig!

Mensch und Technik

Hoch oben rast ein silberner Flieger auf genau ausgerechneter Bahn. Triumph zeitgemäßer Technik, wenn sein Schatten über den unberührten Schnee der Bergriesen huscht. Höher als der höchste Gipfel, über den es doch nichts Höheres mehr gibt. Auf diese Flugbahn schaut staunend ein Wesen, das zu jeweils einem Viertel Mensch, Ratte, Hase und Fledermaus ist. Die Technik ist geradeheraus, denkt es, aber ich bin ein bisschen krumm geraten. Mein Glück wäre vollkommen, säße ich jetzt auch oben in lichter Höhe und jagte pfeilschnell dahin. Stattdessen stehe ich hier unten und lege meine labbrigen Hasenohren an, wenn der Donnervogel über mich hinwegrauscht. Meine Rattenbarthaare richten sich wie kleine Antennen aus, wenn sich der metallene Koloss vor die Sonne schiebt. Meine Fledermausaugen sehen ihn auch nachts. Er scheint ständig in der Luft zu sein. Ach, könnte ich nur einmal über die Gipfel donnern, um auf einer langen Landebahn auszurollen, anzukommen an einem Ort, den ich ständig in meinen Träumen sehe. Ich würde auch ohne Gepäck reisen, nur weg von dieser braunen Atemnot. Weinend setzt sich die Kreatur auf den Boden und streicht mit beiden Pfoten über ihre lederne Glatzenhaut.

Kunst

Flux und Bronx gehen im Jardin des Plantes spazieren. Die Mitternachtssonne lässt beide nicht schlafen.

Auf dem Flohmarkt habe ich mir einen Feldstecher gekauft, sagt Flux. Frauen, die sich entkleiden, um zu baden, habe ich bisher nur verschwommen gesehen. Das hat sich nun wesentlich gebessert.

Ja, ja, die Kurzsichtigkeit, sinniert Bronx, gestern wäre ich fast über die Waden einer weiblichen Leiche gestolpert. Sie trug rote Stöckelschuhe, und ich sah sie erst im allerletzten Augenblick. Sie lag halb hinter einem Pfeiler in der Bahnhofshalle. Geben Sie doch acht, Sie verwischen die Spuren, hat mich ein Polizist in Zivil ermahnt. Es gibt so viele unaufgeklärte Morde, und ausgerechnet ich erschwere die Arbeit der Polizei.

Ich habe von dem Fall heute morgen in der Zeitung gelesen, erinnert sich Flux, sie war Mitglied eines Tanztheaters. Kunst ist gefährlicher, als man denkt.

Inhalt

Köttelbug

ich

Der Autor dankt seinem Freund Christian Bedor für die tatkräftige technische Unterstützung bei der Erstellung des Buches. Sofern Sie Interesse haben, besuchen Sie die Web-Seite: *muell-zeit-lose.de*